यतीश कुमार

21 अगस्त, 1976 को मुंगेर, बिहार में जन्मे यतीश कुमार ने पिछले कुछ वर्षों में कविता और कहानी के साथ-साथ चर्चित उपन्यासों, कहानियों व यात्रा-वृत्तान्तों पर अपनी विशिष्ट शैली में कविताई से एक अलग पहचान बनाई है। 1996 बैच के इंडियन रेलवे सर्विस ऑफ़ मैकेनिकल इंजीनियर्स (आईआरएसएमई) अधिकारी यतीश कुमार का दिल पिछले दो दशकों से साहित्य के लिए धड़कता है। 2021 में उनका पहला कविता-संग्रह 'अन्तस की खुरचन' व 2023 में दूसरा कविता-संग्रह 'आविर्भाव' (हिन्दी साहित्य की 11 प्रसिद्ध कृतियों पर कविताई) प्रकाशित हुआ। 2024 में प्रकाशित 'बोरसी भर आँच' उनकी चर्चित संस्मरणात्मक पुस्तक है। उनकी कविताएँ एवं संस्मरण विभिन्न पत्र-पत्रिकाओं में प्रकाशित हैं। कई चर्चित साहित्यिक ब्लॉग्स पर भी उनकी रचनात्मक उपस्थिति दर्ज है। साहित्य साधना के साथ-साथ वे तक़रीबन दो दशक से विभिन्न साहित्यिक-सामाजिक संस्थाओं से भी सक्रिय रूप से जुड़े हैं। कोलकाता से संचालित प्रतिष्ठित साहित्यिक संस्था 'नीलाम्बर' के अध्यक्ष हैं और 'कलिंगा लिटरेरी फेस्टिवल-2022' से बतौर सलाहकार जुड़े रहे हैं। इसके अलावा 'बान्धव सियालदह', 'एडजस्टिस फाउंडेशन', 'नो चाइल्ड स्लीप हंग्री' समेत विभिन्न सामाजिक संस्थाओं के साथ जुड़कर समाज में सकारात्मक बदलाव लाने के लिए प्रयासरत हैं। वे किसी भी 'सार्वजनिक क्षेत्र के उपक्रम' के अब तक के सबसे युवा अध्यक्ष एवं प्रबन्ध निदेशक रहे हैं।

भारतीय रेलवे सेवा में उत्कृष्ट योगदान के लिए उन्हें 2006 में राष्ट्रीय पुरस्कार से सम्मानित किया जा चुका है। राष्ट्रीय और पाँच क्षेत्रीय रेलवे पुरस्कार के अलावा उन्हें आर्थिक अध्ययन संस्थान द्वारा 'आउटस्टैंडिंग ग्लोबल लीडरशिप अवार्ड-2019', वर्ल्ड एचआरडी कांग्रेस द्वारा 'सीईओ विद एचआर ओरिएंटेशन पुरस्कार' और 2021 में गवर्नेंस नाउ 8वें पीएसयू अवार्ड में 'सीएमडी लीडरशिप अवार्ड' समेत कई सम्मान मिल चुके हैं। उनके पहले कविता-संग्रह 'अंतस की खुरचन' के लिए उन्हें 2021 के 'मैथिलीशरण गुप्त पुरस्कार' से सम्मानित किया गया। 2022 में 'जयपुर साहित्य सम्मान' से सम्मानित हुए।

ई-मेल : yatishkr93@gmail.com

आविर्भाव

हिन्दी साहित्य की 11 प्रसिद्ध कृतियों पर कविताई

यतीश कुमार

राधाकृष्ण पेपरबैक्स

राधाकृष्ण पेपरबैक्स में
पहला संस्करण : जनवरी, 2023
तीसरा संस्करण : 2025

राधाकृष्ण पेपरबैक्स : उत्कृष्ट साहित्य के जनसुलभ संस्करण

राधाकृष्ण प्रकाशन प्राइवेट लिमिटेड
जी-17, जगतपुरी, दिल्ली-110 051
द्वारा प्रकाशित

शाखाएँ : अशोक राजपथ, साइंस कॉलेज के सामने, पटना-800 006
पहली मंजिल, दरबारी बिल्डिंग, महात्मा गांधी मार्ग, प्रयागराज-211 001
1, अनमोल सोराबजी संतुक लेन, धोबी तलाव, मरीन लाइंस, मुम्बई-400 002
वेबसाइट : www.radhakrishnaprakashan.com
ई-मेल : info@radhakrishnaprakashan.com

बी.के. ऑफसेट
नवीन शाहदरा, दिल्ली-110 032
द्वारा मुद्रित

मूल्य : ₹299

AAVIRBHAV
Poems by Yatish Kumar

ISBN : 978-81-959484-2-0

माँ के लिए
जिसने कटीले तार से भी सितार बनाना सिखाया

क्रम

समीक्षा की नई नज़र

युवा कवि यतीश कुमार अपनी नवीन पुस्तक 'आविर्भाव/सत्सार में एक नई विधा का वैविध्य लेकर आए हैं। उनके कवि मन का परिचय हमें उनकी पहली पुस्तक 'अन्तस की खुरचन' से मिल चुका है। आविर्भाव में काव्य पक्ष प्रबल है किन्तु उसकी प्रेरणास्रोत गद्य रचनाएँ हैं। यतीश कुमार ने 11 प्रसिद्ध साहित्यिक कृतियों के पुनर्पाठ पर अपनी प्रतिक्रिया कविता में व्यक्त की है। ये काव्य प्रतिक्रियाएँ साहित्यिक पत्रिकाओं और डिजिटल मीडिया में व्यापक सराहना पा चुकी हैं। इनसे ज्ञात होता है कि यतीशकुमार के मानस में साहित्य में गहरे पैठने की उत्कट अभिलाषा है। यह स्वाभाविक है। जब कविता की आलोचना पर हज़ारों पृष्ठ गद्य में आ चुके हैं तो कथा साहित्य पर, जीवनी व संस्मरण पर हम काव्य क्यों नहीं पढ़ सकते। सुरेन्द्र वर्मा के पुरस्कृत, चर्चित उपन्यास 'मुझे चाँद चाहिए' पर यतीश कहते हैं :

चाँद को छूने की हसरत,
और ज़मीन से उखड़ने की शुरुआत
समानान्तर प्रक्रिया है।

कवि को स्वदेश दीपक के जादुई उपन्यास 'मैंने माण्डू नहीं देखा' का आवरण-पृष्ठ haunt करता है और वह कह उठता है—

काला वक़्त, काली रात, काले हाथ
और सफ़ेद आवरण का अनावरण
अब वह जब भी प्रेम करेगा
आत्मा में पंजे गाड़ देगा।

एक अन्य स्थल पर दूसरी कविता में कवि कहता है—

मैं देखता रहा
एक एक कर
मेरी इन्द्रियों की मृत्यु हो रही थी।

इन्द्रियों का सोना
मनुष्य को भीतर से खंडित करता है
मुझे बताया गया था, खंडित
मूर्तियों की पूजा नहीं होती।

स्वदेश दीपक कथाकार की त्रासदी को यतीश जी लेते हैं, उसकी जटिलताओं को भी।

अचरज की बात यह है कि यतीश कुमार सरल की बजाय जटिल पुस्तकों पर काव्य-विमर्श करते हैं। विनोद कुमार शुक्ल का कालजयी उपन्यास 'दीवार में एक खिड़की रहती थी' पढ़कर वे इसे डिकोड करने का प्रयास करते हैं। वे बहुत अधिक शब्दों का अपव्यय नहीं करते। वे सीधे विषय पर आते हैं—

देखना भी पलट कर देखता है
बोलना भी पलट कर बोलता है
किताब हो या ज़िन्दगी
पलटना शाश्वत है।

लेखक की उलटबाँसियों को सीधा करने के प्रयास में यतीश मूल पाठ से दूर नहीं जाते—

घर में सवेरे का अँधेरा है
घर के बाहर कम अँधेरा है
मन का मामला विपरीत है।

भाषा सिर्फ़ अनुभव की अभिव्यक्ति की
क्रिया की प्रक्रिया भी है
कभी कोई भूख में दिनों बाद खाता है
तो बहुत जल्दी में खाता है...

अर्थात् इन कविताओं का पाठ हमें मूल रचना को भूलने नहीं देता।

यतीश कुमार की यह पुस्तक अपनी तरह का अनूठा प्रयोग है, उम्मीद है यह रचना-पाठ की एक नई प्रणाली विकसित करेगा। अलका सरावगी का उपन्यास, 'कलिकथा वाया बाइपास' पढ़ते हुए यतीश कुमार इस प्राचीन नगर को जीने लगते हैं।

किशोर बाबू हमारे सामने खड़े हो जाते हैं जब यतीश कहते हैं 'समय की लहरों से खींची लकीरें माथे पर दिखती हैं।'

एक अन्य जगह गहरा काल बोध निहित है जब वे कहते हैं 'बीते समय की मधुमक्खियाँ शहद छुपाए घूमती हैं।' सट्टा लगाने वालों के लिए उनका कथन है—

अजीब शहर है
जहाँ बरसात के पानी का भी
फाटका चलता है
बादलों पर भी बाजी लगती है।

यह पुस्तक पढ़ने की एक नई नज़र है जहाँ पाठक पढ़ने के बाद ख़ुद लेखक बनता जाता है—

पुराने दोस्त
भटका हुआ भाई
पुरानी प्रेमिका
मिलते ही बस एक हँसी पाट देती है सारी दरारें।

सुरेन्द्र वर्मा के कालजयी उपन्यास 'मुझे चाँद चाहिए' की नायिका वर्षा वशिष्ठ का ख़ाका थोड़ी सी स्ट्रोक्स में खड़ा कर देते हैं यतीश कुमार। ऐसा इसलिए सम्भव है क्योंकि यतीश स्वयं भी लेखक हैं। वे हर रचना की प्रक्रिया समझते हैं और उसकी गहराई का माप ले लेते हैं। सिलबिल लड़की के नाम बदलने की कोशिश वे पहचानते हैं कि यह कोई साधारण नायिका नहीं है।

पंख निकल आए थे
वह भी उड़ने का हुनर
सीखना चाहती थी।
चाँद बनने की ख़्वाहिश में
वह यशोदा से वर्षा बन गई।

ओमप्रकाश वाल्मीकि की आत्मकथा 'जूठन' इस संग्रह की अन्तिम रचना है जिसका कवितासार यतीश कुमार ने किया है।

यतीश कहते हैं—

लोकतंत्र की लौ
दिल्ली कलकत्ता में ही जल रही होगी
गाँव के उस कोने में
लोकतंत्र ने अपना नाम हताशा
रख लिया है।

'आईनासाज़' अनामिका की गद्य रचना है जो कवि को प्रेरित करती है कि वह कह उठे—

सूफ़ी अलमस्त हैं
नाचते हैं ऐसे
कि भजन के साथ
संगीत रम जाए
ईश्वर और अल्लाह इनको
एक साथ ताकते हैं।

कुमार अम्बुज को पढ़ने पर यह कहना स्वाभाविक लगता है उन्हें—

हर आदमी के पास
उसकी अपनी एक नदी है
उसका अपना वसन्त
और अपना पतझर

ग़ौरतलब यह है कि ये समस्त काव्य-सारांश स्वतंत्र कविताओं की हैसियत से पढ़ी जाने की क्षमता रखते हैं। इनका प्रेरक-बिन्दु कोई रचना है किन्तु ये प्रतिरचना नहीं वरन् उद्भूत रचनाएँ हैं। याद आता है शेक्सपियर के अधिकांश नाटक ओविड के महाकाव्य Metamorphosis से निकले थे। ओविड के प्रेरणास्रोत थे—वर्जिल और होमर।

हिन्दी में कथाओं पर महाकाव्य लिखे गए हैं। महाभारत, रामायण और भागवत से जुड़ा विशाल काव्य संसार हमारी धरोहर है। तदनुरूप यह संग्रह।

—ममता कालिया

भूमिका

अल्फ्रेड टेनिसन की लम्बी कविता 'उलिसस' होमर की कथा को कविता के माध्यम से व्यक्त करता है। होमर की ग्रीक ओडिसी ने बहुत रचनाकारों को अपनी-अपनी अनुभूति के आधार पर प्रभावित किया। वड्र्सवर्थ सहित कई ख्यात लेखकों ने ओडिसी के कई चरित्रों और घटनाओं को काव्य स्वरूप में ढाला। ठीक इसी तरह से महाभारत को भी लिया जा सकता है। महाभारत के कई पात्रों और घटनाओं पर दिनकर से लेकर धर्मवीर भारती ने अलग-अलग अनुभूतियों का काव्य-सृजन किया। यहाँ तक कि वेदों के सार भी वेदान्त और उपनिषद् में लिखे गए हैं। काव्य-सार की एक बृहद प्राचीर परम्परा भारतीय काव्यशास्त्र में भी रही है।

काव्यं सद् दृष्टादृष्टार्थ प्रीतिकीर्ति हेतुत्वात

अर्थात् सुन्दर काव्य हमेशा ही लौकिक और पारलौकिक परिणाम सृजन करता है।

काव्य-सार लेखन की अनुभूतियों का ही एक नया आयाम है। टेनीसन ने होमर की कथा को बहुत ही तरल भाव में ग्रहण किया होगा वहीं से उलिसस की रचना जन्म ली होगी। काव्य-सार अनायास ही मेरे भीतर जन्मा और आकार लेता चला गया। जैसे नौ महीने शिशु माँ के गर्भ में अपना आकार लेता है यह विधा भी अपना आकार लेती रही। मैं सीधे तौर पर साहित्य से नहीं बल्कि साहित्यिक मनोभावों से जुड़ा। जहाँ मेरी संवेदना ख़ुद-ब-ख़ुद किसी रचना को काव्यान्तरण कर ग्रहण करती है। कविता का जन्म संवेदना और अनुभव के मिश्रण से होता है तो कभी-कभी सिर्फ़ संवेदना अपने प्रवाह में कविता को बहा ले जाती है। यहाँ इन संवेदनाओं का सृजन किसी दृश्य और दृष्टि के मिलान से नहीं अपितु पढ़ते हुए उठे संवेदनाओं के आवेग और अन्तस में बूँद-बूँद जमा इनके असर और प्रस्फुटन से हुई।

लगातार पढ़ते हुए यह जाना कि कविता सम्पूर्ण सच नहीं होता है। वह सच के लिए संघर्ष की एक डिवाइस भी है जो एक पूरी प्रक्रिया की तरह नेपथ्य में अपना काम करती है। सच के संघर्षपूर्ण सन्तुलन में ही कविता की सृष्टि है। गम्भीर नैतिक काव्यात्मक विज़न से सिर्फ़ कविता के द्वंद्व को नहीं समझा जा सकता है। इस समय किसी भी चीज़ का बचे रह जाना बहुत कठिन है। यह समय चुप है और

अपनी चुप्पी से सारी कलाओं और साहित्य को हाशिए पर लाकर ख़त्म कर रहा है। ऐसे में अभिव्यक्ति का ठोसपन बाधा है। अनुभूतियाँ स्वत: ही तरल और आर्द्र होती जाती है। तरलता और प्रवाह इसकी शर्तें हैं। काव्यात्मक समीक्षा इस समय इसलिए भी सम्भव हो पाया कि क्रूर-कठिन समय में कविता ही सम्भावना है। यही मेरे साथ भी हुआ कि जब मैं सृजन की ओर उन्मुख हुआ तो अपने समय के भाव, विचार की संरचना और अन्तर्वस्तु की तलाश करने लगा। पढ़ते हुए प्रत्यक्षानुभूति को काव्यानुभूति के रूप में दर्ज करने लगा।

बतौर सर्जक साहित्य में बहुत देर से आने के कारण भीतर सीखने की इच्छा इतनी तीव्र थी कि बिना किताब के जीवन की कल्पना भी अब नहीं हो पाती और इसी ज़्यादा-से-ज़्यादा पढ़ने और सीखने की चाहना मुझे सृजन के इस आयाम के क़रीब लाया। सही मायने में किताबें ही मेरी शिक्षिका रहीं और आज भी कोई और विकल्प नहीं है मेरे पास। मैंने कभी ये सोचकर नहीं लिखा कि मैं कुछ नया करने जा रहा हूँ या कविता का नया मुहावरा तलाश कर रहा हूँ। काव्यात्मक समीक्षा की पहल स्वान्त: सुखाय से ही हुआ।

मैं एक परिवारवाही होने के साथ-साथ सामाजिकता का सन्तुलन बनाए रखता हूँ। अनुभवों की दुनिया ऊब, खीज और चिढ़न से भरी है। ऐसे में रचनाएँ मुझे उबारती हैं, तराशती हैं, जीवन को सन्दर्भहीन होने से बचाती हैं। एक सहज जीवन ही स्फूर्त काव्यानुभव की सृष्टि करता है। रचनाएँ मुझे इस कठिन समय में भी सहज बनाती हैं और लिखने को प्रेरित करती हैं।

इस सृजन स्वरूप का आरम्भ 'मैंने मांडू नहीं देखा' से हुआ जिसकी नींव 'अनाम दास का पोथा' पढ़ते हुए रखी गई। यह यात्रा पाठकों के प्रेम से इतना सुखद और प्रेरणादायी रहा कि रचना का तरल आभास और काव्य की अनुभूति की आपसी जुगलबन्दी का एक नया द्वार मेरे लिए खुल गया। इसके बाद कई क्लासिक रचना जैसे—'दीवार में एक खिड़की रहती थी', 'मुझे चाँद चाहिए' और कृष्ण नाथ का यात्रा वृत्तान्त के समग्र-सार लिखता रहा। पाठकों ने इसे जिस तरह का प्रेम दिया वह मेरे लिए ऊर्जा स्रोत बना रहा और अग्रज रचनाकारों की सराहना ने बची-खुची कसर पूरी कर दी। अब तक लगभग 45 किताबों पर इस तरह की काव्यात्मक समीक्षा लिख चुका हूँ और यह स्वत:स्फूर्त रहा। काव्य-सार का अन्तिम लक्ष्य रचना के मार्मिक पक्षों का प्रत्यक्षीकरण करके अपनी संवेदनात्मक अनुभूतियों के साथ प्रासंगिक तालमेल का सामंजस्य स्थापित करना है। कोशिश यही है कि रचना की मूल आत्मा को अनुभूति के माध्यम से काव्य चित्रण हो सके। भामह के शब्दों में कहूँ तो—*शब्दार्थौ सहितौ काव्यं गद्यं-पद्यं च तत् द्विधा*।

अन्त में एक बात और, अगर इसे स्वतंत्र रूप से देखेंगे तो स्वतंत्र कविताएँ मिलेंगी क्योंकि अनुभूति के ज्वार से जन्मी कविताएँ आपको बिना किताब से जोड़े

भी उतनी ही अपनी लगेगी। इस किताब को आप प्रथम भाग की तरह भी देख सकते हैं और यह भी आशा करता हूँ आप लोगों के स्नेह का सम्बल इस शृंखला को जारी रखेगा।

आप सभी का दिल से आभार जिन्होंने मुझे हमेशा प्रोत्साहित किया और आगे जाने के लिए पथ प्रशस्त किया है।

यतीश कुमार

कोलकाता

शुक्रिया

प्रभात रंजन
शुरुआत से इस ओर हमेशा (Nudge) प्रोत्साहित करने के लिए

रक्षा दुबे चौबे
मेरी शुभचिन्तक दोस्त जिसने इस विधा पर मुझसे ज़्यादा भरोसा दिखाया
हंस राज
संग्रह के संकलन से बहुत पहले बिना मेरी जानकारी सब कुछ
सहेजना विशुद्ध साहित्य-प्रेम ही है
मनोज झा
जिनके बिना इस संग्रह का आना मुमकिन नहीं था

संजू जैन और **विनय अम्बर**
अब यह किताब आपकी भी उतनी ही है, जितनी मेरी

प्रिय कथाकार आदरणीय **ममता कालिया** और
अनूठे कवि **देवी प्रसाद मिश्र**
जिनसे सीखा और जिन्हें पढ़ा गुना उन्होंने इस रचना को पूरा समय
लेकर पढ़ा और अपनी महत्त्वपूर्ण प्रतिक्रिया दी जो कि मेरे लिए
किसी प्रसाद से कम नहीं है।

मुझे चाँद चाहिए

सुरेन्द्र वर्मा

1

आत्मरति के अभिशाप से ग्रसित
शास्त्रों से निकले धागों में उलझी
पट्टे जैसे अनुबन्ध में बँधी,
अनागत वह

असम्भव की आकांक्षी
रूढ़ियों के अहाते में
इच्छाशक्ति की कुशा लपेटे
आत्म-सन्धान रत रही

'अस्वीकार' और 'नकार' की प्रतिध्वनि
उसके जीवन का अपरिवर्तनीय सत्य रही

कटोरी में रखा पानी
झरने की फुहार बनने के लिए
अकुंठ व्यग्र हुआ

अधखुली किताब पर
सो जाने की आदत लिये
पन्नों में दर्ज हर्फ़ों की बीहड़ में
हिरनी सी कुलाँचे भरती रही

बजरी के रास्तों पर ऐसे चलती
गोया कोई सब्ज़ बाग़
आँखों में लिये बौराती हो

करौंदे से अशोक बनने की चाह में
पहला ही क़दम
अपना नागवार नाम बदलकर लिया उसने

चाँद बनने की ख़्वाहिश में
वह यशोदा से वर्षा बन गई

2

यह कैसी दुनिया है
जहाँ घर की दीवारें परकोटे सी हैं
पिता स्वप्न हंता
और माँ सिर्फ़ तमाशबीन

जिसे दरख़्त को खाद-पानी देना है
वही जड़ पर कुल्हाड़ी चलाता है

रुँधे स्वर में पिता कराहते
और मानते कि ईश्वर कहीं तो है
जबकि दोनों के विश्वास में
ईश्वर का चेहरा हमेशा अलग रहा

छल-प्रपंच से भरी इस दुनिया में
परम्परा से भिन्न सोचती स्त्री एक आखेट है
उसे इल्म तक नहीं कि हर जगह
वह ताक़तवर और चालाक शिकारियों से घिरी है

3

दुनियादार पिता का आदेश
नियति पर लिखे धर्मांध

प्राचीन फतवों की तरह
सपनों की सतहें रुखड़ा करता रहा

ऋतुसंहार से लेकर विषबेल तक
न जाने क्या-क्या नहीं समझा गया उसे
और वो हमेशा सोचती रहती
अवान्तर में ही सुषुप्त रहेंगी इच्छाएँ सारी!

जिज्ञासा सबसे प्यारी सहेली रही
स्वप्नहीन यथार्थ से लड़ने के लिए
उसे पता था
सपने पालना सबसे ज़रूरी है

रह-रह कर कटती हुई
पोखर की मिट्टी सी वह
स्व-क्षय से परेशान
मूर्तरूप की ज़िद कर बैठी

आलोक वृत्त की परिधि में
पंख फैलाने की हिमाकत
आश्वस्त करती रही उसे बार-बार
कि अन्दर का ज्वार
सोडे की बन्द बोतल सा
कभी न कभी फूटेगा ज़रूर

4

निष्ठुर अन्धकार से भरे पथ पर
आलोक का कपाट लिये
चाँद को अपलक निहारती कुमुदनी
प्रतीक्षा की आवृत्तियों को ताकती रही

अन्दर घुमड़ता बेचैनी का धुआँ
बाहर निकलने के लिए
रोशनदान तलाशता रहता

उसे कहाँ ख़बर थी
कि आँखों से होकर भी
फूटते हैं हज़ार रास्ते!
और मरने के बाद भी
बारहा लौट आते हैं देखे सपने!

मछलियाँ उन्मुक्त तैरती हैं
अपनों ने जितनी बार उतारे उसके चोईटें
उसकी ख़्वाहिशों को उतनी ही धार मिली

मुक्त होने के एकल संकल्प को
गिरह में बाँधे
सोच रखा था उसने
कि पीड़ा और संत्रास में पैबस्त दिनों को
एक न एक दिन
तज ही देना है।

5

भावनाओं के अन्तर्द्वंद्व में
मुक्ति की चाहना लिये
दो चोटियों और जूड़ों के बीच
निर्वाक, उतावली टहलती रही

कोई डिठौना लगाता
तो कोई प्रोफाइल ताकता

एक दिन किसी ने हौले से

हाथों को यूँ दबाया
जैसे छुअन ही औषधि हो
और वह खिलखिला उठी

सन्निपात के भँवर से निकल
सान्निध्य की साझी धार में
सर्वग्रासी पीड़ा भूल गई

मित्रता दवाई पर लीपी हुई एक मिठास है
जिसमें घुल जाती है कड़वाहट भी

एक हथेली में बाहर का मौन
दूसरी में अन्तर का कोलाहल
दोनों हथेलियाँ जब एक-दूसरे के गले लगीं
तो थोड़ा-थोड़ा ख़ुद में बँट गईं

पहली बार उसने जाना
बाँटने से दुःख भी मीठा हो जाता है

6

समय के साथ कषाय का तनाव
यूँ फैला
कि तीली दिखाने भर से विस्फोट हो जाए

कमर के नीचे का प्रहार
अधिक घातक होता है
बस कई बार चोट महसूसे बग़ैर
पहचाने जाने की सलाहियत होनी चाहिए

अपनों का दिया गया प्रहार
मन के सबसे नाजुक तन्तु को भी

झकझोर के रख देता है

घबराहट में उसने
मौत से आँख-मिचौली खेल ली

बहुत तड़फड़ाई
लेकिन जब नीम नींद में आँखें खोलीं
तो उसने मौत को आँखें मूँदते हुए देखा

एक नई अनुभूति हुई उसे
कि अपना-अपना बोझ
ख़ुद ही ढोने के लिए
हम सभी अभिशप्त हैं

हस्बेमामूल अब वह
वह नहीं रही

पंख निकल आए थे
वह भी उड़ने का हुनर
सीखना चाहती थी

7

गड्डमड्ड और बेतरतीबी के पेच में
कसाने से पहले
उड़ना सीख लिया उसने

सपनों की ओर डग रखते ही
सीढ़ी लिफ्ट की तरह नीचे चल देती है
और भ्रम बना रहता है
कि हम ऊपर जा रहे हैं

समय के साथ डग दर डग
शून्यता अपनी परिधि
अंश दर अंश बढ़ाती है

सतर्कता से परिधि के बाहर
क़दम रखते ही
उसने चुन-चुन कर अस्त्र चलाए

उसे पता था
सतर्कता सबसे बेजोड़ शस्त्र है
जो आसानी से साधा नहीं जाता

कबूतर को कहाँ पता
कि कौन से पहाड़ पर बैठा है
समयान्तर ने सिखाया
दरअसल वो पहाड़ नहीं आइसबर्ग है

8

सिरजने की झील में डुबकी
जीवन के आभा-वृत्त में
अनुभव के नये स्तर पर
गोता लगाने जैसा होता है

कलात्मक नींद में
अन्तरमनन की आँच
आलोक मंडल बन
सिर के पीछे चमकती है

आलोक मंडल के आभास
और यथार्थ के बीच
लगातार भटकती रही

अन्त में अतीत की केंचुल उतार
वर्तमान को इतना लम्ब चुम्बन दिया उसने
कि साँसों के अनगिन दरिया फूट पड़े

अब उदास मौसम में भी
पलकें मूँदते ही चेहरे पर महसूसती
वही चिर-परिचित स्पर्श
वही गुदगुदी सी हँसी

9

नायिका की आँखें तरल और पारदर्शी हैं
ताकि नायक देख सके उसमें अपना चेहरा

दूधिया चकाचौंध में पर्दा उठता है
और नेपथ्य में मिल जाते हैं दो एकान्त

मन में पहला फूल खिला
और
ख़ुशबू में इतरा उठा
गन्ध के प्रति हर्ष भी

बिना सँभले
फिर एक और चुम्बन
मक्खन पर गर्म चाकू की तरह उतर गया

प्रेम और तृष्णा मिलकर
धनुष की प्रत्यंचा खींचते हैं
तो दोहरी होती चली जाती है कमान

कपोत की गर्दन की नसों की तरह
फड़फड़ाई वह

फिर शान्त हो गई जिबह किए गए
एक परिंदे की तरह

10

मन में भूकम्प
और मस्तक में ज्वालामुखी
भीतर प्रतिध्वनियों से भरी ज़िन्दगी
और देह बिलकुल शान्त पहाड़

रोज़ पर्दा उठता
रोज़ बढ़ती उनकी परिधियाँ

लेकिन मन का आलोड़न
दूजे के पाश में ही करार पाता

बेगानेपन की चुंगी
प्रगाढ़ता के दायरे में सिमट जाती

स्पर्शों के संवाद से
देहों में बयार बहने लगती

मन डुबकियाँ लगाता
और अनुभूति कामना के शिखर पर
आनापान करती

और एक दिन आह्लादित मन ने
उद्घोष करता है
'मैं भी एक स्त्री बन गई हूँ।'

11

एक गूँज हवाओं में तैरती हुई
घर तक ख़बर बन पहुँचती है
प्रलय संकेत बन
वर्जनाओं और निषेधों के हवाले के साथ धमकता है

भाई बरजता रहा
मेघ बरसता रहा
धरती दरकती रही
नीचे बहुत धीरे-धीरे

अकेलापन ऐसे कचोटता
जैसे किसी आत्मीय के
दाह-संस्कार के बाद
बार-बार लौट रही हो श्मशान से

मन ही मन ऐसे तिलमिलाई
जैसे वह लड़की नहीं,
लगातार हाँकी जाने वाली पशु हो

उसने महसूसा
स्पष्टवादिता उसके लिए इकलौता विकल्प रहा
और खुले गले से उसने कह दिया—
'आय एम इन लव'

अपनों की कुल्हाड़ी ने
बना डाला उसको जड़विहीन

फिर भी भूँजे की तरह नहीं फूटी वह
बल्कि कमलगट्टे की तरह ख़ुद को और कसा

और यूँ
वह अब उन्मुक्त हो गई

12

रंगमंच पर अभिनय से
ज़्यादा कठिन है
रंगमंच के लिए संघर्ष

चप्पल घिसने का दंश
और समझौतों का अवसाद
अभिनय के समानान्तर चलता है

इमोशन कोई रिकॉल स्विच नहीं होता
इसको अपनाने के लिए
सबको अपनी-अपनी थ्योरी
विकसित करनी होती है

अतीत की अँधेरी खिड़की
बाहर की स्याही को
वर्तमान में कई बार खींच लाती है
और नुकीला मौन चुभने लगता है

उसे अब छीली हुई लकड़ी की गन्ध
भाने लगी
चपलता धीरे-धीरे ठिठकने लगी
और उसे चुप्पी से प्रेम हो गया

13

नदियाँ कभी समानान्तर नहीं चलतीं
हर पड़ाव के बाद
सड़कें बदल लेती हैं
एक और करवट

यह भी जाना
कि चलना हो
तो तलुओं की धूल
अलग नहीं की जा सकती

छप्पर की लकड़ी की पहचान
बारिश के मौसम में होती है
और उसने सड़ी लकड़ी बनने से
इनकार कर दिया

उसकी दुनिया में
सब कुछ तेज़ी से बदलता गया
सिर्फ़ भिंचे जबड़ों
और तनी मुट्ठियों को छोड़ कर

कर्तव्य और भावना के द्वंद्व-द्वार से बाहर
होंठों पर बुद्ध सी मुस्कान लिये
उसने कामनाओं का हाथ थामा

14

अभाव से निकलकर
प्रभाव की चरम सीमा वांछित है

पर इस रास्ते में अनवरत क्रंदन
उसकी खुराक होता है

त्वचा को ढाँचे के अनुसार
काटना सिलना
तब तक जब तक
भीतर का आलोचक सन्तुष्ट न हो जाए

पुरस्कार लम्बी सीढ़ी के बीच का चबूतरा है
वहाँ थोड़ी देर ही ठहरा जाता है

नाटक की तीसरी घंटी भी
सबके इंतज़ार में रहती है
इंतज़ार पोशाक है
जिसे ओढ़े रहना दूर जाने की निशानी है

15

जिनका कोई ओर-छोर नहीं
वैसी कामनाएँ
अधूरी होने के लिए अभिशप्त हैं
दो घोड़ों की सवारी
एक साथ नहीं होती

वक़्त का घोड़ा दौड़ता रहा
वह लगाम और रक़ाब तलाशती रही

नाराज़गी और उलझन से गुज़रते हुए
ख़ुशी और मायूसी के बीच डोलती रही

सुलझाने की कुंजी बस समय के पास है
जिसका बाजू पकड़े
दौड़ती रही वह बदहवास

उसने उबासियों से ख़ुद पूछा
कि क्यों ज़िन्दा हो तुम अब तक?
यह जान लो तो
और कुछ जानना ज़रूरी नहीं
भीतर से आवाज़ आई
सबसे ज़रूरी चीज़ स्वाकार है
गर खो गया तो कुछ नहीं बचता

16

दिन उजास
और रातें उमेठियाँ लेती हुईं
शहर है कि चमगादड़ों से अटा पड़ा है

खिलंदड़पना उसकी अपनी जमापूँजी
और हास्य बोध शहर की ज़रूरत

शहर हिसाबी
और हर रिश्ते का अपना गणित
आँकड़े हैं कि हर रिश्ते को कच्चा करते रहते हैं

नियत संख्या के ऊपर के नंबर
सब बराबर थे उसकी ख़ातिर

नगण्य मात्राओं में
शून्य का दाख़िल होना उसकी परिधि बढ़ाना होता है
धीरे-धीरे वह अपरिमित होती गई

आखेट के भय से भागती हिरनी
अब भूख से भरी हिंसक शेरनी बन गई

17

चाँद को छूने की हसरत
और ज़मीन से उखड़ने की शुरुआत
एक समानान्तर प्रक्रिया है

इस दुर्गम, तंग, रपटीली यात्रा में
कोई रिवर्स गियर नहीं था

रास्ते तालों से भरे हैं
और कामनाओं पर साँकल नहीं होती
वह डग भरती गई
और लोगबाग चाबियाँ पकड़ाते गए

अब उसके पास ऐसा गुच्छा है
जिनमें सौ-सौ चाबियाँ हैं

उधेड़बुन-संशय-अनिश्चय-अविश्वास
सब अँधेरों में पहने जाने वाले लिबास हैं
अकेलापन हमेशा इन्हें पहन
आईनों में झाँकता है
इसे देख
कुटिलता अकेली मुस्कुराती है

इन मुस्कुराहटों से भरी भटकती नाव को
छोटा ही सही
लेकिन एक आकाशदीप का इंतज़ार होता है

जिसके बिना अट्टहास का धुंध
किसी भी नाव को निगल सकता है

18

पारे की तरह तेज़ी से घटता-बढ़ता असन्तोष,
आधारशिला रोज़ खिसकने की आशंका,
अनिद्रा में लिपटी दुर्दमनीय कामनाएँ,
और दर्पोक्ति में आकंठ डूबा शहर

इस शहर में ज़िन्दगी को रोपना
रेगिस्तान में उत्स उगाने जैसा है

यहाँ अर्थ भरी मुस्कान में अर्थ
मात्रा से अधिक अनुपात में है

कोई मूँगफली खाए
और उसके छिलके न गिरे
ऐसा कब होता है भला

जबकि यहाँ छिलके ज़्यादा हैं
और मूँगफलियाँ कम

इस शहर में सबके अपने-अपने कवच हैं
किसी का कसा
तो किसी का ढीला
समय रहते दोनों को साधने की
कला सीख ली उसने

19

दीये की बाती का एक सिरा जलता देख
दूसरे को हँसी आती है
तब वह कहाँ जानता है
कि जलना तो अन्ततः दोनों की ही नियति है

रेल की पटरियों की समानान्तर दूरियाँ
परस्पर जैसे बढ़ती हैं
वैसे ही दुर्घटना की आशंका भी बढ़ती है

कलाइयाँ पकड़े बिना
उसे नींद नहीं आती थी
कलाइयों पर उँगलियों के
निशान पैबस्त होते रहे

पता भी नहीं चला
निशान कब दाग़ बन गए
अब दाग़ को मिटाने का नुस्खा
ढूँढ़ रही है वह

चाँद का मोह
कहाँ से कहाँ तक ले आया

आस्था की ओर, कि भ्रम भंग की ओर
आशा में सम्मुख अवसाद के
शकुन से अपशकुन की ओर...

चाँद की उच्छृंखलता
मोहक तो ज़रूर है
पर उतनी ही त्रासद भी...

20

सर्द आँधी चली
लगा किसी ने उसे
पहाड़ की चोटी से सीधे
गहरे अन्धे कुएँ में धकेल दिया

बहुत समय तक
ज़मीन से टकराने के इंतज़ार में
निर्वात सा अहसास
सम्भावित टकराहट के ख़ौफ़ में तब्दील होता रहा

खो जाने का डर
उसकी विडम्बना रही
निरन्तर पीछा करती स्मृतियों
और उन स्मृतियों को छूने भर से

अक्सर डर के सच होने की सम्भावना
सबसे ज़्यादा डराती है

झीना अवसाद, गुनगुना मलाल
ठिठका सा सन्देह
सब एक साथ दिखा
और काले क्षण में डूबने लगा चाँद

आँख बुझने से पहले
हौले से होंठ थरथराये
'मुझे चाँद चाहिए'
और वह हमेशा के लिए डूब गया

अपराधी वह मासूमियत है
जिसकी हत्या की जा चुकी है
असम्भव की आकांक्षा विदा ले रही है

उसने प्रभु से अन्तिम गुहार लगाई
मुझे चाँद नहीं बेहोशी दे दो

तड़पती मछली अब पूरी तरह निश्चेत है
तभी गोया कोई उम्मीद का बुलबुला
उसके हलक़ में अटक गया

अगले ही पल
शरीर में एक जुंबिश होती है
और उसके लब दोबारा थरथराते हैं—
"हाँ, मैं ज़िन्दा हूँ
और मुझे चाँद चाहिए।"

मैंने मांडू नहीं देखा

स्वदेश दीपक

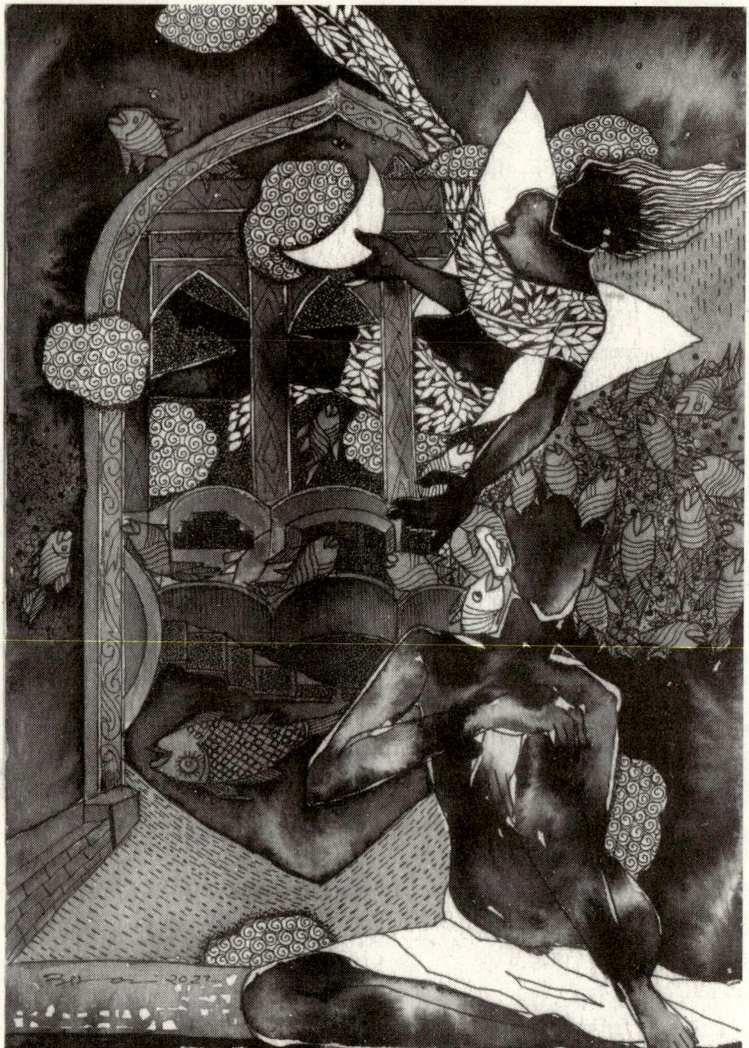

1

गर्वोक्ति एक आसन्न दुर्भाग्य है...

मैं अभी उस आग से मिल आया
जो न पकाती है
न कुंदन करती है
बस भस्म कर देती है

प्रशंसा ख़तों में ज़्यादा अच्छी लगती है
प्रत्यक्ष स्तुति परेशानी का सबब
कई बार ख़ून खौलने लगता है

दूध वाली खौली चाय पीता रहा हूँ
पर एक दिन मैंने गलती से
ब्लैक कॉफ़ी पी ली
अब मुझे दोनों ही पसन्द है

मैंने मांडू नहीं देखा
तुम्हारे साथ नहीं देखा
ये दो पंक्तियाँ
मौत और मुक्ति के बीच खिंची
क्षीण रेखाएँ हैं

स्मृतियों का भी एक
वर्जित क्षेत्र होता है
जहाँ जाने से

वो ख़ुद घबरा जाती हैं

सात वर्ष लम्बी
स्मृति विहीन यात्रा
घर अनजाने आज
उस वर्जित स्थान पर
चहलक़दमी करने लगा हूँ।

मेरा चेहरा
कहने और न कहने के बीच
चाँद का टाइम टेबल बदलना निहारता रहा
जद्दोजहद के बियाबान में फँसा
अनिर्णीत उलझता रहा
अनिर्णय अब स्थायी अवस्था है मेरी

गहरी नींद से उठता हूँ
गरम हथेली अपनी भारी पलकों पर रखता हूँ
अवचेतन फ़्लैशबैक की तरह
स्लो मोशन में आता है।

जो दरवाज़ा अन्दर की ओर खुलता हो
उसे बाहर की ओर खोलने का
अथक प्रयास करता रहा
अन्दर की ओर खोलता
तो छूते ही खुल जाता!

सच कितना हल्का
और झूठ कितना भारी!

अचानक नींद टूट गई
और मेरी नदी खो गई
पुल के घिसटने के निशान
अब दृश्य में है

ढूँढ़ने की कोशिश की
तो पता चला
दिमाग़ पर ताला पड़ गया है

मेरे लिए अब न सर्दी है न गर्मी
ऋतुएँ रूठ कर लौट चुकी हैं

देखा धू-धू कर
सब जल रहा है
जिस्म और रूह
दोनो धधक रहे हैं

मन फिर भी शान्त है
कोई दुविधा नहीं
पर ध्वनिहीन चीख़ें
ख़्वाबों के रेशों पर
शोर की किरचियाँ चला रही हैं
शोर बाहर
और कोलाहल अन्दर

सब कुछ बेआवाज़
तहस-नहस हो रहा है

समय ने सिखाया
उजाले से डरना
और अँधेरे से दोस्ती करना
बात करता हूँ
तो अँधेरे की भाषा बन
चुप्पी बोलती है

अँधेरा भाषा को निगल लेता है
और अँधेरे में
शरीर अपनी भाषा गढ़ने लगता है
अगर शरीर की भाषा न समझो

तो अँधेरा शरीर को निगलने लगता है

स्थिति ऐसी कि
अजगर के भीतर
साँस लेने जैसी

नहीं जानता था
अँधेरे से गुज़र जाने वाले शब्द
पवित्र हो जाते हैं
वे दु:ख धोने के क़ाबिल हो जाते हैं

मैं तुम्हें नहीं
अँधेरे की गुफाओं को देख रहा हूँ

तुम आती नहीं हो
प्रवेश करती हो

तुम्हारे हाथ लम्बे हैं
और परछाईं छोटी
मैंने आँखों में झाँकने की कोशिश की
आँखों से समन्दर छलाँग कर बाहर निकल आया
और जीवित ज्वालामुखी ने अपनी जगह बना ली

यथार्थ में लौटने के लिए
ज़रूरी है पौरुष के दर्प में
धनुष हुए आदमी का
तीर छूटना
और यह जानना भी
कि ज़रूरी नहीं है
हर वासना दुष्ट ही हो

2

रूह का लिबास मटमैला है
बहुत अहंमन्य हो गया हूँ
तमाम ख़ूबसूरत चीज़ें शहर से बेदख़ल हैं
अँधेरे का लिबास सफ़ेद है
पर उसे उधेड़ते वक़्त
हाथ हमेशा काले दिखे!

काला वक़्त, काली रात, काले हाथ
और सफ़ेद आवरण का अनावरण

अब वह जब भी प्रेम करेगा
आत्मा में पंजे गाड़ देगा

एक चिथड़ा सुख
एक अहानिकारक मुस्कान
किलकारी भरते शब्द
मीठी मनुहारें

अब सब स्मृतियों की खाड़ी में
गोते लगाते ड्रीम कैचर जैसे हैं

परेशानी का सबब ये है
कि मैं तस्वीर में भी हिलता हूँ
ज़िन्दगी पट्टे पर है
और करार
अन्तिम कगार पर

ओलती में फँसा बादल हूँ
और बार-बार ओले गिरते हैं

फिर मौसम बदलता है
भ्रमित करता है

कि सब अच्छा है

ज़िन्दगी ऐसी बन गई है
जैसे अर्जुन ने फिर से
बृहन्नला का रूप ले लिया हो

अर्जुन और बृहन्नला
दोनों के बीच पेंडुलम सी ज़िन्दगी

पेंडुलम सी बनी वक्र मुस्कुराहट को
सीधा रखने की कला भूल गया हूँ

समस्याओं का कश्कोल लिये फिरता हूँ
जिस मोड़ से गुज़रना था
उस मोड़ पर मुड़ने से पहले ही
मैं मुड़ गया
और धम्म से नींद में ही गिर गया

3

गिरती दीवार की छाँव में
पैदा लेते बदन
ज़िन्दगी भर धूल झाड़ते रहते हैं
मैं न दीवार बन सका, न धूल
पपड़ी बना अधर पर अटका रह गया
अब भग्नाशा मेरी सहेली है

ख़बरों के इतने ही मायने रह गए हैं
कि अब सिर्फ़ दिन और तारीख़ देखने के लिए
अख़बार खोलता हूँ
पर एक दिन ख़बरों में पढ़ा
घने जंगल के बीच

सूखी औरतें
सूखी लकड़ियाँ चुन रही हैं
किसी की चिता के लिए
शिशिर में गिरते पत्तों की कराह
और लकड़ियाँ चुनते-चुनते
वह स्त्री सोचती है
क्या बीतती होगी धरती पर
जब लाशों की तरह
उसके वृक्ष-पुत्रों को काटकर
उसकी गोद में ही सुला दिया जाता है

मैं देखता रहा
एक-एक कर
मेरी इन्द्रियों की मृत्यु हो रही थी
इन्द्रियों का सोना
मनुष्य को भीतर से खंडित करता है
मुझे बताया गया
खंडित मूर्तियों की पूजा नहीं होती

मुझे लगा मेरे अन्दर
एक और पुल
जो अभी-अभी बना था
टूट गया
घर के बर्तन खनखनाने लगे
और माँ की एक बात याद आ गई
एक चुप और सौ सुख
मैं सात सावन चुप रहा

दरवेश और रोगी की एक ही दशा है
दोनों रह-रहकर
अल्लाह और भगवान को याद करते हैं
मैं दोनों बना लेकिन याद में ईश्वर कहीं नहीं दिखे

मैंने अपने फ्रेम से तस्वीर निकाल ली

अब बिना तस्वीर का ख़ाली फ्रेम हूँ मैं
लिबास नया है
पर उदासी वही पुरानी

मैं वो पहाड़ हूँ
जिसमें बारूदी सुरंगें
रह-रह कर फटती हैं
और उजाड़ बढ़ता है
इंच दर इंच...

मैं वह ध्वज हूँ
जिससे धज अभी-अभी
उतार ली गई है
बाँस का वह टुकड़ा हूँ
जिसे ध्वजा फहराने का इंतज़ार है
और अब मैं फूल की तरह
चुपचाप सूख रहा हूँ

सर्पीली टुस्सियों को पकड़ने
अन्धे कुएँ में गिरा
अब रस्सियों के सहारे
पहाड़ चढ़ रहा हूँ
बहुत ताक़तवर है
उम्मीद की रस्सी
प्राण निकलने तक बाँधे रखती है

कोई मेरा वसन्त चुराने आया
मैंने वसन्त को झोले में रख लिया
जिसकी निगहबानी करने
आकाश का नीला टुकड़ा
मेरे कमरे में रहता है

खिड़की से झाँकता हूँ
तो चाँद के चलने की आवाज़ें आती हैं

अब मेरा मन करता है
चाँद के साथ बेआवाज़ चलूँ

मैंने आकाश तक जाने वाला झूला बनाया
इस झूले पर एक नेम प्लेट लगाया 'मुक्ति'

चन्दन से मृत्यु और मुक्ति लिख
पानी में घोल पी गया

4

मैं रूठने और नाराज़ होने के
बीच की स्थिति बन बैठा हूँ

इस यात्रा में कई बार
रोशनदान, खिड़की और फिर
दरवाज़ा बनता रहा

प्रेम खिड़की से अन्दर आता है
और दरवाज़े से बाहर जाता है
प्रेम और युद्ध के तरीक़े एक जैसे
जो हारे वह युद्धबन्दी
मैंने न प्रेम किया न युद्ध
फिर भी बन गया बन्दी...

यात्रा में यह भी जाना कि
बुद्ध के रस्ते में
कर्ण-कवच मिलता है
और फिर शब्दों के तीर नहीं लगते
मैं पैदल चलता गया
मैं तुम तक पहुँचना चाहता था
पर मुझे बताया गया कि

जो पैदल चलते हैं
वे कहीं नहीं पहुँचते

अब मैं कान बनना चाहता हूँ
ताकि शब्दों को अर्थों में बदल सकूँ
चाहता हूँ
शक्ति और सब्र
दोनों एक साथ रहें
मेरे पैरहन बन कर
मैं उसे ओढ़ कर
दोबारा विश्व जीतने चल दूँगा

और यूँ
मैं ख़ुद अपना अनुवाद होने से बच गया...

दीवार में एक खिड़की रहती थी

विनोद कुमार शुक्ल

1

एक खिड़की आँखों की
एक मन की!
खिड़की के बाहर
दुनिया अनन्त आसमानी
मन के भीतर की
सिमटी हुई पलकों में या अधरों पर
दुनिया कितनी जल्दी सिमट आती है!

एक-एक पल के पकने की आवाज़ होती है
किसी को सुनाई आती है, किसी को नहीं

देखा नन्ही गुड़िया को
आकाश से झाँकते, खिड़की की ओर
उसकी मुट्ठी में बन्द है
आराम करती एक ख़ुशनुमा दुनिया
उस पल पृथ्वी
लम्बी साँस ले रही होती है

उसकी नन्ही नज़रों से निहारता हूँ
जिसमें दुनिया घूमती हुई
ब्रह्मांड के चक्कर लगा रही है

2

मन्दिर की प्राचीनता बताती है
तालाब की उम्र
जिस तालाब पर मन्दिर न हो
उसकी उम्र मिट्टी बताएगी

पानी नहीं
मिट्टी का रंग भी बदलता है
ज़मीन के समतल के नीचे
तालाब का समतल होता है

तालाब चुप रहा
फिर छपाक से बोला
जो नहर पोखर को छूती हुई बहती है
कमल उसमें भी तैर आता है

तालाब के ऊपर पंख फड़फड़ाया
पर बादल बिना आवाज़
रेंगते गुज़र गया!
मछली को तो बादल को छूना था
सो, फिर आवाज़ आई छपाक!

3

देखना भी पलट कर देखता है
बोलना भी पलट कर बोलता है,
किताब हो या ज़िन्दगी
पलटना शाश्वत है

लकड़ी की अलमारी के पटरे टेढ़े हैं
और किताबें सीधी

ज़िन्दगी की शक्ल अलमारी से कितनी मिलती है

चूड़ियाँ ज़्यादातर दाएँ हाथ की ही टूटती हैं
मन हर ओर से दरकता है
बिना देखे
उसके मन को देखा
जैसे जामुन को देखा
उसके फूल को नहीं

दोबारा देखने में चेहरा बदल जाता है
अन्तर आ जाता है
जैसे दोनों ओर से
किसी मूर्ति को देखते हैं—वैसा ही अन्तर...

4

प्रेमी ने प्रेमिका से पूछा, कहाँ चलें
उसने पलट कर कहा,
जहाँ रात महीनों तक ठहरती है...
उसने कहा जितने समय आँखें मूँदे रहोगी
रात तुम्हारी होगी

दिल सीने में नहीं पीठ में भी धड़कता है
पीठ में इसकी धड़कन सीने से धीमी होती है
दोनों के बीच ग़ुस्से की झीनी चादर होती है

साँस का सिरा सीने से ही नहीं
पेट से भी जुड़ा होता है
दोनों के तारतम्य के बीच
अभाव की ऊष्मा का अन्तर होता है

अनकहे प्रेम को

कहने की ज़रूरत महसूस किए बग़ैर
जीवन आगे बढ़ जाता है

5

जब उसे देखा मुझे वो नहीं दिखी
दिखी तो स्वस्तिक, शंख, चक्र, मछली
फिर दिखी भोर, दोपहरी नहीं दिखी
दिखी छाँव, साँझ और फिर ज़्यादा रात दिखी

उनके अवतरण होते ही
दोरंगे कमलों ने
चाँद की शक्ल इख़्तियार कर ली

उसके देखने को देखता रहा
उसकी दृष्टि पानी में दिखी तिरती
पानी में नाभि में उभरता कमल दिखा
कमल चाँद की बराबरी करता दिखा
कमल अल्पना से बना था या कल्पना से
पर थरथराती रही परछाईं पानी सी
एक बूँद गिरा, आम का बौर सा
जिसमें सुगन्ध महुआ की थी
सुगन्ध देह की है, महुआ की या कि बौर की
पर मदहोशी उससे ज़्यादा शाम की है

नदी के बीच खड़े दोनों एक दूसरे में डूबते रहे
प्यास हर डुबकी के बाद बढ़ती रही
डुबकी से निकलते समय
बालों से बनता रहा अर्धचक्र
बूँदों का इन्द्रधनुष
क्षण भर का अव्यक्त सौन्दर्य है

6

ओझल होने से पहले उसकी आवाज़ सुनी
पीछे आओ

ख़ुद का ओझल होना कहाँ दिखता है
ओझल से वापस आना दिखता है

कपड़े साफ़ थे
बस रंग फीका हो गया
मन साफ़ था
मन के रंग खिले हुए

तोता नीलकंठ लग रहा था
हाथी मन का हाथी
और आकाश नींद का आकाश

वो कमरे के जिस ओर होती
उजाला उस ओर खिसक जाता

दोनों जागे थे
और सब कुछ नींद में झूम रहा था

ख़ामोशी आँखों में आँखें डालकर
इतिहास से मुक्त हो जाती है

7

वो रात की सुबह थी
तालाब में तारों की परछाईं में
उन दोनों को एक दूसरे की परछाईं नहीं दिखी

तुम्हारे कन्धे पर चन्द्रमा बैठा है
लेटते हुए उसने कहा

चाँद अब ज़मीन पर बिछ रहा है
देखते-देखते तालाब में डूब गया
उसने कहा वो डूबा नहीं
अदीठ मछली ने उसे निगल लिया
पर ये उस मछली का भ्रम है
चन्द्रमा तो रोज़ नहाने आता है
नहाए तो उन्हें पेड़ धुला लगा
दुनिया ज़्यादा हरी दिखी

आवाज़ की टहनी पर
मुस्कान की चहचहाहट फुदकती दिखी

प्रेम कँपकँपाते गर्व की दीप्ति को लीलते हुए
शाश्वत समय की धारा में ख़ुद को पिरो लेता है
जीवन के खँडहर से गुज़रते हुए
समय के रेशे को उँगलियों में फँसा लेता है

यह सिर्फ़ बहती नदी है
कालातीत जीवन शेष है
जो पृथ्वी की साँस है

8

खिड़की 'खिड़की' है पनाला नहीं
वहाँ थूकने से
आकाश में छींटे पड़ते हैं

जानवर हो या मनुष्य
कुछ घाव ऐसे हैं

दाग़ देने से गुम हो जाते हैं

एक समय होता है उधार लेने का
एक चुकता करने का
और एक जब दोनों के मायने नहीं होते
तो 'आदत' अपने मायने बदल लेती है

हाथी का शरीर खुरदरा होता है
और मन कोमल
पिता का भी हाथ खुरदरा ही है

हाथी की चाप सुनाई नहीं पड़ती
घोड़े की पड़ती है
मैं घोड़े पर चढ़कर
हाथी की चाप के साथ चलना चाहता हूँ

जब आगे बढ़ते हैं
तो समय की तरह कुछ पीछे छूट जाता है
आदमी हाथी और घोड़े को पीछे छोड़ रहा है
और मशीन आदमी को
इतनी ही देर में
तीन हवाई जहाज़ों ने उड़ान भर ली

9

दोपहर को जागती याद आती है
नींद यादों को पा लेती है
याद और समय को नींद नहीं आती
यादों में पिता एक जैसे दिखते हैं
जिम्मेदारियों का बोझ ढोते
चुपचाप सिर पर हाथ रखते
बिना रोये आँख नम करते...

पिता ख़ाली थैला लिये चलते हैं
ख़ाली थैले में भी ज़िम्मेदारी होती है

माँ और पिता में
ज़्यादा बड़ा अन्तर्यामी कौन हैं
इस प्रश्न का उत्तर अब तक नहीं मिला

घर की नाली के लिए
मुहाना उतना ही ज़रूरी है
जितना कि व्याकरण में कोमा!

ग़रीबी से ग़रीब दिखे अमीर
और अमीर से ज़्यादा
अमीर दिखीं वो चाय वाली बूढ़ी अम्मा
सोना और चाँदी से हमेशा
महँगे साबित हुए आशीर्वचन

10

ज़िन्दगी कभी-कभी इतनी सुन्दर लगती है
कि मृत्यु समीप लगती है
उसी पल ऐसा भी लगता है
कि देर का जीवन अभी बचा है

उस पल भींच कर
वो मुझे अदृश्य कर देना चाहती थी
उस पल ही अंकुरित बीज से
पहली जड़ निकली होगी
उसी पल में पका हुआ आम
टपका होगा चूमने धरती को
कहीं एक आम और उगा होगा...

11

पेड़ पर चिड़िया बैठी है
आवाज़ की शाख पर उसकी चहचहाहट
दोनों के सुर एक

उस रात चन्द्रमा अपने आकार से बड़ा हो गया
तालाब चन्द्रमा से भी बड़ा
उसे आगोश में ले लेता है

कभी-कभी हम सुन्दर फूल
देखते हैं,तोड़ते नहीं!

जब लौटते हैं
तो फूल नहीं सुगन्ध साथ आती है
कभी ऐसा भी होता है
कि सुगन्ध भी भूल जाती है
कि उसे जाना भी है

12

घर में सवेरे का अँधेरा है
घर के बाहर कम अँधेरा है
मन का मामला विपरीत है
नींद आने से उजाला कम होता जाता है

सुख का चिन्ता से बड़ा होना ज़रूरी है
समस्या ख़ुद छोटी होती जाती है

भाषा सिर्फ़ अनुभव की अभिव्यक्ति नहीं
क्रिया की प्रक्रिया भी है

कभी कोई भूख में दिनों बाद खाता है
तो बहुत जल्दी में खाता है
जबकि लम्बी तपस्या के बाद अन्न ग्रहण में
सन्तुष्टि पहले पेट भरती है
प्रेम और भूख में कुछ तो समानता है!

13

एक एक क्षण जमा करके एकान्त
इंतज़ार करते करते कमरे में पसर गया
अकेले का एकान्त
अब साथ का एकान्त है

अकेले नहीं वे साथ आए
स्मित उनके साथ आई

कमरे के भीतर वे एक दूसरे को गुन रहे हैं
बिना कहे वह कह रहा है
कल्पवृक्ष की तरह वो सुन रही है
फूल का आना, फल का पकना और फिर टपकना

उनका देखना
अतिरिक्त की आशंका से मुक्त देखना है
वो देख नहीं रहे
सही दिशा ढूँढ़ रहे हैं

दिशाएँ अब उनको ढूँढ़ रही हैं
वे एक दूसरे की दिशा हैं
अब दोनों उस ढूँढ़ को ढूँढ़ रहे हैं
उस दिशा में पास आकर उसने कहा
तुम्हारे पास आने से हवन की सुगन्ध आती है...

14

पेड़ की डालियों की गलियों में
मन की गिलहरी भागती-फिरती है
खोखल में कुछ अखरोट छुपाए
मन को टटोलती रहती है

वो कहती है
मेरे मन की मत सुनो
मेरे मन की सुनोगे तो
अपने मन की कब सुनोगे

वो कहता है
हम एक दूजे के मन को देख लेंगे
तो सुनने की ज़रूरत नहीं होगी
आँखें दोनों काम कर लेंगी

वे वर्तमान के सुख में इतना खोए
कि भविष्य की चिन्ता
उपेक्षित हो कैलेंडर से बाहर कूद गई
अब कैलेंडर भी हवा में फड़फड़ा रहा है

15

आकाश एक स्लेट है
और तारों की अपनी लिपि

दो कमरे की खिड़की से दिखता आकाश
एक दूसरे की चिट्ठी है

अँधेरे का भार
मन के भीतर होता है

मन के बाहर होता
तो कितनी झोंपड़ियाँ धसक जातीं

बाहरी दुनिया में उजाला और अँधेरा
एक दूसरे के भार को रिक्त कर रहे हैं

16

वो रास्ते पर था
रास्ता किसी के इंतज़ार में
वो बार-बार इंतज़ार से टकरा रहा था
इंतज़ार को उसने चूमा
तो वो उड़ गया
उसे उड़ना नहीं आता था
तो वो डूब गया
डूबना हवा के साथ था
हवा में रात रानी बसी थी
रात रानी कब महुआ में बदल गई
पता नहीं चला

होश आया तो सपने का सुलझा प्रश्न
हाथी की सूँड़ की तरह
अँधेरे उजाले के बीच
खिड़की से दिखी पाती के अन्त में टँगा दिखा
वहाँ लिखा था
सरल नहीं
अनिवार्यतः दुरूह है!

कितने पाकिस्तान

कमलेश्वर

1

समय की उलटी दिशा में
दशकों से भटक रहा है अतीत
और मानव-सभ्यता की तहक़ीक़ात
जारी है

सच की अदालत में
फ़ैसला होना बाक़ी है अदीब
रूहों से भी गुफ़्तगू होनी है
कितने और विस्थापनों को अभी रोकना है

सभ्यता बदली है, समय भी बदला है
लेकिन बदलती सभ्यता के साथ
जो नहीं बदल सका
वह अब भी इतिहास में लहू बहा रहा है

आने वाली सभ्यता पिछली सदी के
रक्त-बीज से जन्मती रही है
और इनके बीच
ख़ामोशी एक तवील रात है

सबसे बड़ा आकर्षण है ख़ामोशी
ख़ामोश आकर्षण की दुनिया
जिन आँखों से दिखे
उन्हें ढूँढ़ता फिर रहा हूँ

2

आँखों में समय की दूरबीन लगी है
'संजय' को बचा लेना चाहता हूँ
नज़रों के बदलते दृश्य में
आँखें अय्यार हो गई हैं

अबाबील की आँखों में झाँका तो
उजड़े किले, अन्धे गुम्बद
अधजली मशाल, सफ़ेद आँखें
वक़्त को ताकती-झाँकती दिखीं

सिलाबी आँखों से देखा तो
पानी के दाग़ की तरह
वजूद के लिबास पर
सुर्ख़ छींटे नक्श से दिखे

निस्बत से भी देखता हूँ
तो दुनिया धुँधली
समय स्तब्ध, प्रेम निःशब्द
देश धूलि-धूसरित दिखता है

देखते-देखते ताजमहल के आधार में गिर पड़ा
ख़ून से लथपथ पहली ईंट से
गुम्बद की नक़्क़ाशी और आयतों तक
उत्कीर्ण दास्तानें गूँजने लगीं

सुर्ख़ छींटे, खाल के आबले
फोड़ों के अँखुए
पीप से भरे पीपे
असंख्य रुंड, एक स्वर कराहने लगे

पुतलियों की कोटर में
तहज़ीब की लौ जलती दिखी

वक़्त ने उसके टुकड़े बाज दफ़ा किए
बस सिर क़लम एक बार किया

3

मोमबत्तियों की ऐसी क़ायनात दिखी
जो बुझ कर शाश्वत अँधेरा दिए जा रही थी

समूची धरती पर
एक जैसी अनगिन कहानियाँ दिखीं
जिनके सिरे एक-दूसरे से अछूते थे
लेकिन वे समय के साथ बस बहे जा रहे थे

वह कलियुग ही था
जो काले उड़ते आसमान के पर्दों के परे
झंझावात के बीच भी झाँक रहा था

तभी कच्छ के नमकीले कछार
दलदल की गीली दीवारों से मिल कर
लहरों में बदलते दिखे

मौत के योगफल से
निर्धारित होता हुआ
युद्ध का फ़ैसला दिखा

अक्षौहिणी*-चतुर्दशी विनाश के साथ दिखा
प्रश्नों से उपराम ईश्वर

---

* अक्षौहिणी—सेना की संख्या

4

तलवार की नोक पर धर्म को देख
भकभका कर रो पड़ा बादल
इतना कि उसकी आँखें सूज गईं
बारिश का चेहरा रेगिस्तानी हो गया

निशीथ* में टहलते हुए
हज़ारों नक्षत्रों से दोस्ती कर ली
युगों के तल्प पर सोया
समय के शिगाफ़ से झाँका

मुग़ालताओं का ज़खीरा देख लिया
यह भी देखा कि मनुष्यहन्ता का
अप्रत्याशित मौतों पर अन्वेषण का दौर
ख़त्म ही नहीं हो रहा।

इस बीच
युगों तक टहलता हुआ
लहू पर फिसलते-फिसलते
वक़्त इक्कीसवीं सदी में दाख़िल हो गया

तब पराशक्ति से पूछा मैंने
यह सब क्या हो रहा है?
मौन में जवाब मिला
परशिव से पूछो

जब शिव के पास गया तो देखा
मेरी दस्तक से पहले
तमाम दूसरी दस्तकें वहाँ मौजूद थीं

---

* निशीथ—रात

5

आदमी और मनुष्य
दोनों के शाब्दिक अर्थ एक हैं
फिर क्यों इनकी आवाज़ें आपस में टकरा रही हैं

ये आवाज़ें ख़्वाबों के रेशों पर
शोर की किरचियाँ चला रही हैं
सब कुछ तहस-नहस हो रहा है
खेतों में बारूद और बन्दूकें उग रही हैं

जबकि यह तो सबको पता है
कि हथियार बनेंगे तो एक दिन चलेंगे भी

6

आवाज़ें फ़रार हो चुकी हैं
इच्छाएँ अब बन्दी नहीं हो सकतीं

धमनियों में रक्त कणों के साथ
आवाज़ें भी पैबस्त हो चुकी हैं

थके हुए लकड़बग्घे
खा-पकाकर विश्राम पर हैं
महापुरुषों का अवसान
शोकगीत के साथ हो रहा है

आइंस्टाइन आज भी पछता रहे हैं
गांधी अपने रास्ते पर अडिग हैं

पछतावे और पराजय की ग्लानि ढोते

पछता रहा है वर्तमान!
बस इतिहास है जो कभी भी नहीं पछताता

7

चलना अपनी जगह है
और पहुँचना अपनी जगह
सोचना कितना आसान है
और सोचे हुए को जीना कितना मुश्किल!

उसने कहा बहुत ख़ूबसूरत हो तुम
तपाक से जवाब मिला
कि तक़सीम नहीं हुई होती
तो क़ायनात भी ख़ूबसूरत होती

उसने देश और आदेश के साथ
मुहब्बत को तक़सीम होते देखा

प्रेम छिपकली की पूँछ है
बिछड़ कर मरती नहीं
और ज़्यादा तड़पती है

पलकों की लहरें
तेजी से उठने-गिरने लगीं
होंठ तितलियों के पंख की तरह
खुलने और काँपने लगे

नीम की पीली पत्तियाँ झरने लगीं
पत्तियों का झरना अँधेरे का मौसम है
या यह अँधेरा ही है
जो पत्ती-पत्ती झर रहा है!

पेड़ के सारे पत्ते झर गए
बस एक ख़लिश के साथ
टँगा रह गया चाँद

8

यादें छोटी-बड़ी नहीं होतीं
बस घटती-बढ़ती आहटें होती हैं

हथेलियों पर मोती बरसे
और मोतियों के दाग़
हथेलियों पर उग आए

कई बरसों बाद
आँसुओं की परछाइयाँ दिखीं मुझे

आँसुओं का मर्सिया गूँज उठा
कोख में साँस का भी दम घोटा जा रहा है
सैकड़ों आँखें कफ़न की
तलब में बुझती जा रही हैं

बिना आग के भी पत्तियाँ झुलस गईं
रेहन में रख दिया गया प्रेम

माँ बनते ही हर औरत की
शक़्ल एक जैसी हो जाती है
इच्छाओं में माँ एक सम्भावना है
और सम्भावनाएँ हमेशा ज़िन्दा रहती हैं

9

उलझा हुआ आदमी
सबसे ज़्यादा मुस्कुराता है
उसकी मुस्कुराहट में
एक कड़वाहट घुली होती है

वक़्त के आसपास ही
दबे पाँव चलता रहता है बदवक़्त
दोनों की अदृश्य जंग में
बदलती रहती है आँसुओं की हिस्सेदारी

अकेले का रोना
अनगिन नदियों का समन्दर होना होता है

10

तहज़ीब अगर टूटती है
फ़िरक़ावाराना* हौले से दाख़िल होता है वहाँ
आदिम राग और रिश्तों में बँधने के लिए
आदम आठ-आठ आँसू रोता है!

जब-जब यह आवाज़ आई
'यक़ीन जानिए' तब-तब
इनसानियत का क़त्ल हुआ
और अब इतिहास पर यक़ीन करना मुश्किल है

तभी भीतर से आवाज़ आई
कोई मुश्किल लाइलाज नहीं
इनसान का दु:ख एकात्म हो सकता है

---

* फ़िरक़ावाराना—साम्प्रदायिकता

लेकिन निदान देने वाला ईश्वर
तो पहले एक हो जाए!

11

एक आवाज़ बारहा गूँजती है
आर्य-अहंकारों से बाहर निकलो
धर्म का शरणार्थी होने से बचो

स्वयं का दीप बनो
मृत्यु से नहीं
उसके भय से मुक्त हो

निर्वाण का पुनर्जन्म नहीं होता
ज़ेहन में बुद्ध मुस्कुराते हैं...

सुख मन का पूरापन नहीं
उसे ख़ाली रखना है

गुलदान से गोया गिर कर
फूलों की पत्तियों में लिपट गया है
उसे बीनना ही सुख है

दरअसल सच यही है
कि आँखें जिसकी खुल जाएँ
वही सूरदास है

12

सियासत के अलाव में
धर्म का दोगलापन

अपना जिस्म सेंक रहा है

वहाँ मुझे जिस्म की क़ब्र में
परछाइयाँ ज़्यादा दिखीं
साँस लेते मनुष्य कम दिखे

धर्म-परिवर्तन भी एक सहूलियत है
कमोबेश ठीक उसी तरह
जिस तरह जंग के दरमियान
बदल दिए जाते हैं घायल घोड़े

विलाप का चँदोवा और फैला
भूख और भीख को समेटे
वक़्त के हरकारे ग़ायब कर दिए गए

परिंदों के परवाज़ नदारद
चाँद कुम्हलाया, सूरज स्तब्ध
आसमान ख़ाली, सीठे हुए खजूर

संस्कृति की नदी सूखने लगी
उसूल आत्महत्या करने लगे
तभी बिजली कड़की, बादल गरजे
पंख उड़े और फिर बिखर गए

चाँदी के चार पंख
धरती ने रख लिये

फ़रिश्तों के सदमे से कंपन हुआ था
उसी कंपन ने गिराए थे चार पंख

दारा शिकोह अब
फ़रिश्तों के पंख बन कर धरती पर है

वक़्त ने ताक़ीद की

हर सदी में दारा शिकोह के साथ-साथ
आलमगीर के पैदा होने के
दस्तूर को बदलना होगा

और एक स्वर हो गईं समवेत चीख़ें...

13

ग़ुलामी अगर बादशाह की हो
तब भी सिर क़लम करती है
और अगर प्रजा की हो
तो ख़ुद ही क़लम होती है

इन हादसों के बीच
आदम खोया रहा ढूँढ़ने में
आँसुओं से पवित्र दूसरी चीज़

मन्दिरों की बाती
और मरघट के दीये के बीच
हम भटकते रहे

इन सब के बीच तिरोहित हुईं आवाज़ें
सिसकियों के साथ उभरती हुई कहती हैं—
"ईश्वर के अवतरण का इंतज़ार ही
ज़िन्दा रखता है संस्कृति और सभ्यताओं को"

14

नदियाँ जब ऐंठती हैं
तो गुज़रने वाले शहरों की भाषा में ऐंठन छोड़ जाती हैं

इतिहास इन्हीं भाषाओं में साँस लेता है

वही इतिहास हमने जिया
जो तर्कों और स्वार्थों के फावड़े से
बनाए गए पोखर भर इतिहास से लिखा गया

जबकि नदियों के साथ बहता रहा इतिहास
हम उस ओर गए ही नहीं
समय का दहकता सूरज
निगलता-सुखाता गया उन बहावों को

अब तलाश रहे हैं सरस्वती को चिराग़ लिये
और यमुना मिली भी तो दामन फटा मिला

ताबड़तोड़ पैंतरे और बेवक़्त अन्धड़ से
टपकी आज़ादी की कलाइयों पर
आज भी सिक्कड़ के दाग़ हैं

कोई रबड़ नहीं मिल रही
कि उन दाग़ों के नक़्श-ए-पा मिटाए जा सकें

15

1757 में कुछ चूहों ने
बिल बनाने शुरू कर दिए
छुपते-निकलते वे फैलते रहे

जिस दिन वे सब बाहर आए
ढहाते हुए एक साथ अपने बिलों को
पूरे सल्तनत की नींव हिल गई

साम्राज्यवाद, उपनिवेशवाद, पूँजीवाद, बाज़ारवाद

हर एक कड़ी अपनी शक़्ल बदलती गई
और बुद्ध मुस्कुराते रहे
स्वयं से स्वतंत्र होने की बात करते रहे...

पूँजी की नाभिनाल से
बाज़ार का कमल खिलता रहा
तब से साम्राज्य से पूँजी
और पूँजी से बाज़ार के
चक्रवृद्धि वृत्त की परिधि
फैलती जा रही है

बाज़ार के विस्तार में
निकलता है खोजी नाविक
लिये बन्दूक और धर्म प्रचारक को एक साथ

इनका गठजोड़ ही
बाज़ार में सफलता की कुंजी है

बाज़ार के फैलाव के साथ बदलती सभ्यता
कृत्रिम उत्सव और उल्लास के बीच
लाशों की सड़ाँध पर
छिड़कती है इत्र बेशुमार

कपास-अनाज से ज़्यादा तस्करी है अफीम की
ज्ञान के प्यासे भिक्षुक
श्रमिक आन्दोलन के बाद
भिखारी बन कर पैदा होने लगे

एक समय था
आदम की परछाइयों से बातें करता था अदीब
अब आदम ख़ुद बिना परछाइयों के हैं
और ये बातें भी नहीं करते!

पूर्वज हमारी परछाईं हैं

इतिहास पर क़लम चलाना
अपनी परछाईं को मिटाना है

16

1857 की कौमी एकता के बरक्स
1946 का डायरेक्ट एक्शन डे
सवाल-जवाब की तरह दर्ज है

संसार के महाभोज में
बार-बार परोसा गया है भारत
जब ख़ाली पत्तल बचे
और नीला रंग सुर्ख़ हो गया
गोरे हड़बड़ाहट में भागने लगे

हाथ में रह गया
दीमक लगा पाकिस्तान
और लँगड़ाता हुआ हिन्दुस्तान
अपने-अपने खोखलेपन में कराहता हुआ

सरहद के आर-पार
किसानों और सिपाहियों के
मज़हब मुख़्तलिफ़ हो सकते हैं
पर मौसम और मिज़ाज नहीं।

17

यश-अपयश का अन्तर्विरोध
अब पहले सा नहीं रहा...

प्रमथ्यु का गिद्ध थक चुका है बेतरह
गिलगमेश बुद्ध से मिलकर ख़ुद को ढूँढ़ रहा है

अन्धे अदीब को सब साफ़-साफ़ दिख रहा है
कबीर पोखरण में बौद्ध वृक्ष लगा रहा है
और आदम मोक्ष की बजाय
मृत्यु के अन्वेषण में
ज़्यादा दिलचस्पी ले रहा है

जरायमान का फैलाव इस क़दर है
कि नारा दीवारें लगा रही हैं
आज हौसलों से नहीं
इश्तहार से लड़े जा रहे हैं युद्ध

युद्ध के बाहर और भीतर
पराजय और दुर्भाग्य
रेल की दो पटरियों सी
साथ-साथ चल रहे हैं

इन सभी दृश्यों के बीच
सवाल अब भी आँखें तरेरे खड़ा है
कि और कितने पाकिस्तान???

कसप

मनोहर श्याम जोशी

1

एक उम्र होती है आहत होने की
उस उम्र से पहले आहत हुआ वह...

मखौल की भीड़ में पैदा हुआ
मन्दिर ऊब सा था उसके लिए
बेचारों की बस्ती में बेबसी का स्मारक हो जैसे

जिस ड्योढ़ी से वह परहेज़ करता है
नहीं पता उसे कि
गर्म ख़ून की लकीर
नंगे पाँव की छाप लिये उसका पीछा करती है

बलि के बकरे की मिमियाहट जैसी
एक टिनटिनाहट गूँजती रहती उसके भीतर

पहाड़ों के पार ऐसे दौड़ता
मानो मरुस्थल में दौड़ रहा हो

पत्थरों में धँसते हैं उसके पाँव
ज़ाक़ में हँसता और आगे बढ़ जाता
वह सिर्फ़ और सिर्फ़
हिमालय देख रहा होता है

एक सर्वशक्तिप्रद शब्द की तलाश
और सबसे अलग होने की चाह लिये
तलवार और क़लम के बीच का

संघर्ष उसने चुना है

उसे बचूली बुआ और मूढ़ फूफा के भ्रमजाल भी तोड़ने हैं
समस्त अर्ध विराम तोड़ने हैं
ध्वस्त करना है 'ओ देबिया' के उठते
अबाध अनुगूँजों को

अकेला नितान्त सम्मोहक लगने लगे—
यह पा सकना
उस अकेले के बस का नहीं

मारगाँठ उसके लिए अभिमन्यु के चक्रव्यूह
की तरह दुर्निवार उपक्रम है

परन्तु एक दिन उसे
बिना तलाश मिल गई
सीधे कैंची से मारगाँठ काटने वाली

2

अब तक उसके लिए
प्यार एक उदास सी चीज़ थी
और अब उसे सबसे ज़्यादा प्यारी है

उदासी और आघात
मन के एकान्त में जब दोनों मिलते हैं
तब प्रेम की स्वत:स्फूर्त छाँव पड़ती है

जब हथेली की ओट में
हँसती हुई वह मिली
उदास आँखों को पीठ दे कर
वह आगे बढ़ गया

पीछे कल-कल नहीं, छल-छल बह रही थी
बेआवाज़ संवेदना की निर्बाध नदी

ऊष्मा की धौंकनी बनी छाती
अब उसके ज़ेहन में धौंकती रहती

3

प्रेम शिव के अधर पर बैठी मुस्कान है
मुस्कान से विष का अमृत बनना
जितना सरल उतना ही विरल!

शिव दुनिया का सबसे बड़ा लाटा हैं
और वह तो खैर पैदाइशी लाटा है

विष उसने भी आजीवन पिया
और अमृत का अब तक पता नहीं...

बार-बार प्रश्न दोहराने से
उनके उत्तर नहीं मिल जाते
पर इश्क़ में हर प्रश्न का उत्तर यही है
'इश्क़ में ऐसा ही होता है यार!'

4

नदी के उस पार की है चढ़ाई
अँधेरा घिर आया
और सुन रहा हूँ तुम्हारे साथ
फेनिल नदी की सायँ-सायँ आवाज़

प्रेम में सुरसुरी उठती है
नाभि से कंठ तक एक अतृप्त प्यास
उद्धत बन जाती है
जब तुम उलटी हथेली
रख लेती हो
अपने आरक्त मुख पर

इन्द्रियों का भी एक ऐसा जाल है
कि मौन का अनुगूँज
कान से होकर नहीं उतरता

तुम्हारी आँखें मुझसे मिलते ही
दृश्यों के विस्तार में बदल जाती हैं

5

देखता हूँ अक्सर
मनुष्य सँभलते हुए गिर जाता है
पर थके-माँदे धूल-पसीने से पुते तुम
चढ़ते ही जा रहे हो अपनी चढ़ाई

निस्तब्धता पार कर
फिसलता आ रहा है
कोई मानवीय स्वर

तुम गाते हो
और इस भीषण अँधेरे में
झींगुर सुनते हैं तुम्हें चुपचाप

यह भी नहीं मानते
कि तुम्हें बुलाकर
एक आदतन मज़ाक़ और किया होगा उसने

जबकि वह आई तो
रास्ते भर मुड़-मुड़कर
कुछ देखती आई
उस कुछ-कुछ में सब कुछ तुम ही तो थे

आसमान को ताके इस तरह हँस रहे हो तुम
कि धोखा होता है कि रो रहे हो सचमुच

6

कैम्प फायर की आग बुझ गई
भीतर की जस की तस रही

वो कैसी याद थी
जो गानों को आपस में
गड्डमड्ड कर कोलाज बना देती

मसखरे आश्वस्त हैं
हवाएँ चुप
उसने भी ठान ली है
मोड़ पर सबसे पहले पहुँच जाने की

जब तुम चढ़ाई पर होते हो
वह उतार की ओर होती है

वह देखता है उसे
जैसे आकाश देखता है धरा को

अब उसके पास भी जूते हैं
बिना मारगाँठ वाले
और उसकी अन्तस की गिरहें
ख़ुद-बख़ुद खुलती जा रही हैं

7

अब वह उससे नहीं
उसकी गन्ध से लिपटकर सोता है
और बुदबुदाता है 'जिलेम्बू जिलेम्बू'

उसे भीतर से आती
अनुगूँज सुनने की बीमारी है
लाटा रोग कहते हैं इसे

आत्मकरुणा का शिकार है वो
और वह शायद आत्ममुग्धा है

वे नीबू के अचार जैसे
खट्टे-मीठे साथ-साथ
कुमुदिनी के जोड़े जैसे
खिलते-बुझते साथ-साथ

उस मन्दिर में
भक्त नहीं प्रेमी जाते हैं

वह आँखें बन्द करता है
वह जनेऊ सौंपती है
वह पागल है जन्मजात
और वह पागल बन जाती है

8

प्रेम की जिज्ञासा अजब है
वह जानना चाहती है
कि कब तक नंगे पैर स्कूल गए
पैर की उँगलियाँ जब गलने लगीं

तो क्या लगाते थे उन पर

दिव्य प्रेम में वह
देवी जैसी बन जाती है

आशीर्वाद देने लगती है और कहती है
उन पंखुड़ियों को न भिगोना
जिसे तुम्हारे शीश रखा जाना है

वह उसकी उदासी को
साकार देखना चाहती है
छू लेना चाहती है
मिटा देना चाहती है उसे

और उसने अपनी तर्जनी से
उसकी आँखों के कोरों को छू लिया

उसे देखते-देखते
एक ज़िन्दगी और बसर हो जाती है

बीत गया जो जीवन
अब उसका डर नहीं...

9

एक कहता है
मीर दाँत जो टूट गए विष दंत थे
दूसरी कहती है
नहीं, दूध के थे

वह यह भी कहती है
कि प्यार इतना लपेटा तन पर

कि दी हुई साड़ी फट गई

और उसने आसान सा रास्ता खोजा
उसे पाने का
उसके नाम के साथ
बदनाम हो जाना

10

एक जैसा अँगूठा छाप
दोनों नहीं हो सकते
एक जैसे प्रेमी भी नहीं हो सकते

वह इतना लाटा है
कि अँगूठा दिखाने को
'तेरा' होने से अलग
'मैं' होना समझ लेता है

थोड़ी देर के लिए लाटा
समझदार हो गया
या उसके शब्दों को
दूसरी तरह से समझने की आदत सी हो गई

वह 'मैं', 'तू' और 'वे' के बोध से ग्रसित है
वह उदास-सा क्रोध
और क्रुद्ध-सी उदासी लिये फिर रहा है

नहीं होता उसे अहसास
कि प्रेम किसी अलंकार का अपेक्षी नहीं होता है
बल्कि एक सहज ऋतु है सिर्फ़

उसको डर है

जिस शब्दाडम्बर की चादर उसने ओढ़ी है
उसे ख़ुद कैसे उतारेगा

11

हाँ में हुंकार सुन रहे हैं पिता
उसी हाँ में अस्तित्व का नकार भी खोजते हैं पिता
और महसूस करते हैं
कि शादियाँ बदनामी से बचने का सबसे उत्तम उपाय है

बिम्बों की फिरकनी सी
बन रही है यादों में
फिरकनियों में घूमते-घूमते
पिता की तर्जनी को छोड़
कब प्रेमी की उँगली पकड़ ली
पता ही नहीं चला

पिता भी ऐसे
जो इस चोरी को देख अनदेखा करते रहे

पर इन सबको पता होना बाक़ी है
कि समय तुम्हारी परिधि से बाहर घूमता है

12

एक फ़्लिप-फ़्लॉप है उसके भीतर
जो बारी-बारी से लाटा
और देवीदत्त का रूप बदलता रहता है

जब तक मुस्कान अधर पर थी

वह लाटा था
उसने विष नहीं अमृत पिया

इन दिनों मुस्कान स्थगन पर है
और वह विष गटक रहा है
और लिख रहा है कि सदय हो ईश्वर!

पर यथार्थ में
सदय क्रूरता और क्रूर सदयता
दोनों एक-दूसरे को
सदैव डंक मार रहे हैं

जब सारे दरवाज़े स्वतः खुल रहे थे
तब खटखटाना ठीक नहीं समझा उसने

वह वापस मुड़ने के लिए मुड़ा
और चिल्लाया
तुम्हारे लायक बनूँगा तब आऊँगा

13

वह सिगरेट नहीं
मौन का लम्बा कश खींच रहा है
अग्नि अब हाथों से निकल
उसकी आँखों में सुलग रही है
सुलगना घातक है
सिसकना उसे आता नहीं

उसकी आँखों में
जहाँ आँसू होने चाहिए डबडब
वहाँ मरुथल ने जगह बना ली है

मरीचिका के बवंडर ने
नायक की छवि को लील लिया
और इस दृश्य से उठे बवंडर ने
दृश्य बदलते ही
एक अभिजात मैत्रेयी को जन्मा

प्रेम कहानी ख़त्म हो सकती है
प्रेम नहीं
वह तो कालजयी है
प्रेम एक छोटे से कमरे को
संसार बना सकता है
और उसे एहसास करा सकता है
कि उसी संसार का एक हिस्सा है वह देश
जहाँ जाने की ज़िद है उसे

14

सपने न दुःखद होते हैं न सुखद
ये चमत्कारिक होते हैं

प्रेम-कहानी को पढ़ते-पढ़ते
प्रेम अचानक गुम हो जाता है
जैसे थोड़ी देर के लिए गुम हो गई हो बत्ती

अचानक पत्थर का टीला
बर्फ़ की एक पहाड़ी में तब्दील हो जाता है
और पिघलने लगता है
जैसे आँखों से कभी-कभी फूट पड़ता है सोता

शीर्ष बिन्दु से अचानक
सारे किरदार
फिसलने लगते हैं...

जैसे बग्गी जम्पिंग में हों
बिना जानते हुए
कि उछलेंगे तो कहीं और
किसी दूसरे ग्रह में गिरेंगे
प्रेम और प्रेमी दोनों का वध करते हुए

15

शहर जहाँ से बदल गया
वह दुखी है देखकर
और जहाँ से नहीं बदला
उसके लिए वह शोकग्रस्त है

वह हिसालू को देखता है
हिसालू में दरिद्र बचपन दिखता है

उसे दीखती है वह
नितान्त सड़क पर अलमस्त अकेले

मिलते ही पूछता है
ऐसे हँसना कहाँ से सीखा
तब वह और भी तेज हँसती है

जब वह हँसती है
हथेली की ओट से झाँकती हुई
तो वह दो दशक पीछे अदृश्य छलाँगता है

आगे बढ़ते ही
दो दशक आगे वाली जुड़वा दिखती है
कहती है यह तो पगली है
परेशान तो नहीं कर रही

वह कहता है
यह उम्र ही पागलपन की है
वह कहती है
यह हम पर निर्भर है
कि इस उम्र में कितना जी सकें
या इसे कितना खींच सकें

सच्चाई यह है
कि आज भी अंग्रेज़ी के नीचे
किसी और ही भाषा में
दबे स्वर में मिमियाता है वह

16

नियति लिखती है हमारी पहली कविता
जीवन भर जिसका हम संशोधन करते रहते हैं

एक बार जब मुंबई से
बिना फ़ीते वाले जूते पहने आया था
तो कितना ख़ुश था

आज जब वापस आया हूँ
तो फ़ीते वाला पहनकर
मारगाँठ ने फिर वापसी की है!

जो मर गया था
वह फिर उसके लिए
ज़िन्दा कैसे हो सकता है

जबकि मारा भी उसी ने था

17

द्वंद्व और प्रतिद्वंद्व से पृथक् होता है जब प्रेम
तब प्रतिध्वनि बहुत लम्बी गूँजती है

'मैं भी थी, तू भी था,
तुझसे पहले से
यह सुन्दर स्थान है
कई बार मिले हम
और हर बार अयोग्य पाया जा रहा तू
इसलिए बार-बार जन्म ले रहे हम'

दीये जो अभी बुझे हुए थे
और जिससे पतली सी
धुएँ की रस्सी निकल रही थी
अचानक जल-बुझ गए

पूरी हवा में
एक निर्बाध-निरन्तर क्रंदन-गुंजन है
उसके रुदन से
पूरे वातावरण में
प्रश्नों के अनुगूँज जागृत हो उठे हैं

तभी उन सभी प्रश्नों के उत्तर में
मार्मिक और कर्कश
अनुगूँजों को काटती हुई
एक लम्बी, परिहास से भरी चुनौती देती
दीर्घ गूँज सुनाई पड़ती है

'लुका-छिपी के अगले दौर के लिए अलविदा!'

मैला आँचल

फणीश्वरनाथ रेणु

1

कोयले से नील बनाकर
कितने घर राख हुए
और कितने मार्टिन* माटी में मिल गए

दीवारें अड़-अड़ाकर गिर पड़ीं
और नमक से अम्ल कम होता गया

जीवन की बढ़ती हुई गति
और आसपास बढ़ते शोर ने
खँजरी की हल्की झुनक को
सुदूर बजती अस्पष्ट आवाज़ में तब्दील कर दिया

यादव कायस्थ में घुल गए
और राजपूत स्वयं हवन करने लगे
महन्त बन गए गिद्ध
अनपढ़ सन्त हो गए

गाँव अब ऐसा हो गया
जहाँ कौवे को भी मलेरिया हो जाता है

पूड़ी जलेबी जनमत निर्धारित करने लगी
बिना किसी बात के नवजात पिल्ले भौंकने लगे
जबकि बात-बात पर भौंकते रहे लोग
जीभ से ही गर्दन काटने के लिए

---

* मार्टिन अंग्रेज़—जो अस्पताल बनाने के दौड़-धूप में पागल हो गया।

सतुआनी से मछमारी का यह सम्बन्ध
और तड़बन्ना-लबनी का अन्तिम सच
उस गाँव से बेहतर कौन जानता है

जहाँ कमल की तरह रोज़ दिल खिलते हैं
और मिट्टी के चुक्कड़ों की तरह टूट भी जाते हैं

स्थिति सरल से विरल की ओर खिसकती जा रही है
जहाँ पशु से भी सरल है इनसान
और पशु से ही ज़्यादा खूँखार हो चला है—पेट।

2

एक समय के बाद
जात सिर्फ़ दो ही रह जाती हैं
अमीर और ग़रीब

यह कम लोग ही जानते हैं
कि एक और जात है
जात पात न मानने वालों की

मर्ज़ की भरमार है यहाँ
पर हर मर्ज़ की दवा है
लोकगीत, बारहमासा, बिदेसिया या चैती के संग-भाँग

इन दिनों संघर्ष निर्धारित कर रहा है
राजनीतिक दल का फैलाव

इस स्थिति को देखते-देखते
ज़मीन के संघर्ष में
ऐसे ऐंठता वह
जैसे ग़ुस्से में काला करैत

बाँध टूटने का इतिहास तो स्थायी रहा है
नए और बनने अभी बाक़ी हैं

दोनों तरफ़ के लोग पानी-पानी हो रहे हैं
पानी उतर जाने पर
ठंडा गोश्त फिर से
झोली-डंडा के साथ उठ जाता है
स्थिति अपने सन्तुलन की खोज पर प्रगतिशील है

कठिन समय में
ढिबरी की रोशनी भाषाएँ जान गई
उसे पता है कि कब टघर जाना है
और कब बुझ जाना

3

अजीब चकरघिन्नी है
गिद्ध और शिकार
एक साथ रहते हैं

आँखें टूअर थीं नहीं उसकी
पर नज़र आती थी
हज़ार आँखें जब गिद्ध बन जातीं
तब कोई अदृश्य माँ पीठ सहलाती थी

पर जब वह रोती
तो पत्थर भी साथ कराहता
और आँखें बाछी की तरह ताकती

यह अलग बात थी
कि वह जब रोती
तब भी उसकी देह से

दुर्गा मन्दिर की गन्ध आती
पर उसे सुगन्ध से माँ की याद

चंचल है चितचोर नहीं
अच्छी तरह जानती है कि
कब, कोई, कैसे
लक्ष्य द्वार से प्रवेश कर रहा होता है

उसके इंतज़ार का डंक ऐसा
जैसे शरीर पर कोई पतंगा घुरघुरा रहा हो
एकबारगी सारे कपड़े झाड़ भी दे
पर वही झुरझुराहट, वही सरसराहट

उसे हिसाब-किताब भी आता है
और झाड़ू-मंतर भी
पर मंतर से शापित वह ख़ुद है
और अब इसका जंतर ढूँढ़ रही है

4

पोथी पढ़ने से नहीं
उसके मुखदर्शन से ही
मन पवित्र होता है उसका

श्लोक का प्रभाव लिये
जब भी वो देखती
बीजक जैसी पवित्र सुगन्ध में
वो न जाने कहाँ खो जाता

पवित्र सुगन्ध में वह स्नात है
और उसका स्पर्श ऐसा
जैसे तपाई हुई नमक की पोटली

माटी का महादेव
उसे पगली कहता
पर उसे पागल कौन बना रहा है
वह वो भी नहीं जानता

5

कटनी, मड़नी, खटनी, दबनी
ज़मीन किसकी?—जोतने वालों की?

गाँव वाले गाते हैं
जो जोतेगा वही बोयेगा
जो बोयेगा वही काटेगा
जो काटेगा वही बाँटेगा

जबकि गांधी कहते हैं—
जो पहने सो काते
जो काते सो पहने

उनमें से एक ऐसा भी था
जो लाल झंडा को
औरत की तरह प्यार करता था

उसे मालूम था
कि जिस पेड़ को हवा का असर नहीं
उसका पत्ता नहीं गिरता

6

सपने में वह ऐसे मचल उठता
जैसे भभकती आग पर एक घड़ा पानी डाल दिया हो

मैला आँचल की छाँव से
अपनी छाया के स्रोत तक
पहुँचने की कोशिश
सपने में भी की उसने

उसे दुलार भरी थपकियाँ
माँ से नहीं मिलीं
तो एक और छाया बना ली उसने
उदार छाया-प्यार की

उस छाया में जाकर उसे लगा
कि धूप कितनी तेज़ होती है
पूरी ज़िन्दगी धूप थी अब तक

प्यार उसे ऐसे छू गया
जैसे जुती-अधजुती परती पर
भदवा आकाश के नीचे
कुछ अँकुराया फूट आया हो

जैसे सूखते वीरानों में
कुछ हरा सा स्पर्श
इंतज़ार में डोल गया हो

झुनाई हुई रब्बी की फ़सल
सोंधी महक उठी हो जैसे

कोयल-कोयली, बुलबुल, मैना
सबका सम्मिलित सुर
प्रेम गीत बन गूँजता हो

विकारशून्य हँसी
आकर्षित करती है उसकी
देखते ही ललाट पर चन्दन की बिंदिया-सी
हज़ारों पसीने की बूँदे उभरती हैं

पर दिल कहाँ होता है
शरीर में कोई अंग तो नहीं
बस दर्द होता है
टीस होती है

जब इस दिल के दर्द को मिटा दो
तो आदमी जानवर बन जाता है

7

अपने अन्दर के सूखेपन से
दुनिया को जिलाने की क़सम खाई है
उसे बीमार और निराश
दोनों ही आँखों की भाषा पढ़नी है

उसे पता है
ज़िन्दगी के भोर में
सब लुभावने, खिले-खिले नज़र आते हैं
ज्यों-ज्यों तेज़ गर्मी पड़ती है
त्यों-त्यों खिले कमल कुम्हलाते हैं

डॉक्टर खोज करते-करते चिल्लाता है
शोध में दो सबसे ख़तरनाक जीवाणु मिले हैं
जीवाणु नहीं कीटाणु-ग़रीबी और जहालत
अब वो उसकी दवाई पर रिसर्च कर रहा है

8

संथालिनें हँसती हैं
हँसती हैं क्योंकि उनके हाथ में हथियार है
जंगली बाघ से भी घबराती नहीं

वे आबनूस की मूर्तियाँ हैं

लड़ाई में पार्टी की खुराकी भी महँगी
तहसीलदार की सलामी भी महँगी
हल से तीर बनाएँगे
उनके लिए तो लोहा भी महँगा

दिक्कू आदमी, भट्टी का दारू
और किसी पर नहीं है विश्वास
भरोसा है तो ख़ुद पर
ख़ुद से बनाये तीर पर

शक्लें भ्रम वाली हैं
पर ख़ुद कोई भ्रम नहीं

पंचायत का जबरजोत अट्टहास
दुनिया की सबसे बड़ी गाली है
इसी अनुगूँज में काली रोशनाई फैल रही है
और जल रहे हैं खेतों के कारगार

शहर में हाल और बुरा है
स्त्रियाँ सुरक्षा के लिए ज़्यादा चिन्तित हैं

लोग कह रहे हैं
शहर में विकास दौड़ रहा है
जबकि सच यह है कि
शहर को विकास कुचल रहा है

9

आसरे ने प्रेम की लौ और तेज़ कर दी
लौ में जल जाना चाहता है प्रेम
देवता नहीं थोड़ी देर को ही सही

इनसान बन जाना चाहता है

किसी ऐसे शिव की तलाश है
जिसे लटों को समेटना आता है
जो गले में नाग नहीं
स्टेथेस्कोप लिये घूमते हैं

उसकी आँखें तिरहुत सी हैं
वह उसे राजकमल कहता है
और वो कहती प्रशान्त महासागर

सागर में कमल? कहाँ मुमकिन है
वह कमला नदी का गड्ढा बनना चाहता है

उसे देवता नहीं आदमी बनना है
और प्रेम करना है
कि प्रेम देवत्व पर भारी होता है

10

जलता हुआ गुलमोहर और सुर्ख़ हो रहा है
दुनिया फूस इकट्ठा कर चुकी है

वह असमंजस में है
तिल-तिल जलने या
भक्क करके एक बार जल जाने के बीच
वह फुहार की इच्छा और चिंगारी के बीच टहल रहा है

इन सब दुविधाओं के बीच
गमकते फूल के स्मित पराग लिये कोई है
जिसकी आँखों में काजल नहीं मद है

पर मताल कोई और हो रहा है

समय ही है जो दो ध्रुवों को
एक प्याली का दोस्त बना देता है

11

अब स्वराज आ गया है
वह त्रासद भी है
और अपने अकेलेपन में गौरवपूर्ण भी

स्वराज के संग भगत सिंह को नाचते देखता है
वह गांधी को मुस्कुराते देखता है
और देखता है
वहीं कोने में
एक संथाल अपनी मुकर्रर सज़ा से ग़ुलाम बन रहा है

वह जहाँ फरियाद करने गया
कि जुल्म हो रहा है
उसने देखा
वहीं सबसे ज़्यादा जुल्म हो रहा है

अब जुल्म का इल्म
उसकी चुटिया की तरह उसके साथ है
काट नहीं सकता
और वह बढ़ती जा रही है

बौने को अभी भी भरम है
और बेतार की ख़बर पर यक़ीन नहीं
अब कहीं कोई भरोसा नहीं

सपनों की चिन्दियाँ उड़ती नज़र आ रही हैं

और वह ख़ुद को उन्हीं चिन्दियों में देख रहा है

जेल जाना अब गर्व की बात नहीं
जो लड़े बेहतर सपनों के लिए
विडम्बनाओं का यथार्थ लिये
हवालात को घर बनाए बैठे हैं

बदल गए हैं लोग
बदल गया है आश्रम
बदल गया है क़ानून

स्वराज एक समय से छूटता है
दूसरे समय के चंगुल में फँस जाता है

सब कुछ जल गया
तब अग्नि ने राहत की साँस ली
और कहा
स्वराज सपना है
गांधी सपना है

और सपने की जय हो।

कलि-कथा वाया बाइपास

अलका सरावगी

1

कहानियाँ तहों में लिपटी होती हैं
एक सिरा दूसरे को
दारोमदार सौंपता जाता है
यूँ कहानियाँ कभी ख़त्म नहीं होतीं

आदमी भी तहदार होता है
समय का हाथ रह-रह कर उधेड़ता
कपड़े का थान रंग बदलता रहता
बदलते रंग की कहानी ही जीवन है

इतिहास को धो-पोंछकर
साफ़ कर देने का रिवाज़ बहुत पुराना है
इतिहास ख़ुद अपना प्रतिबिम्ब
आज खरोंचा हुआ देख रहा है

लहरें जहाँ तक जाती हैं
झाग की लकीर खींचती चली जाती हैं

समय की लहरों से खींची लकीरें
माथे पर दिखती हैं
जहाँ कहानियों का ज़ख़ीरा है
और जीवन पुनरुक्ति है
एक सपनीली पुनरुक्ति

2

सामाजिक बेहोशी में
हिटलरशाही का कवच पहने
जीवन काट लिया गया

सत्तरवें साल में जाकर होश आया
कि लोग पहचानते ही नहीं
इन दिनों ख़ुद की ही ख़ोज में
बेआवाज़ टहल रहा हूँ

जब कभी होश आता है
स्मृतियों के खेत लहलहाने लगते हैं
दरसअल बीता हुआ एक भी लम्हा मरता नहीं
बीते समय की मधुमक्खियाँ शहद छुपाए घूमती हैं

3

तरलता को आने से पहले ही सोख लेना
उस आँख का हुनर है
जिसमें स्वाभिमान का लोबान जलता है

दूसरों की धारणाओं में बह जाने से बेहतर है
अपनी टूटी-फूटी नाव मज़बूती से खेना

प्रारब्ध से अवान्तर ज़रूरी है
यहाँ से फिसलने के बाद
तो बस ढ़लान ही ढलान
और मिट्टी आख़िरी मंज़िल

यह जानने वाले ज़्यादा लम्बी यात्राएँ नहीं करते

4

हवेली के सपनों में
ऐसी गरम हवा चलती है
कि उसन कर रख दे

हवेली के गुम्बद पर चढ़ते वक़्त
पैर फिसल जाए
तो वह सड़क का भी नहीं रहता

हवेली चढ़ना एक लत है
जहाँ से गिरने के बाद भी लत
रक्तबीज को सौंप दी जाती है

गिरकर लोग मरते हैं
हवेली की स्मृतियाँ नहीं मरतीं

समय के हाथ लोग चले जाते हैं
आदतें साथ रहती हैं
और पुश्तैनी शृंखला चलता रहता है

5

खपरैल से हवेली के बीच
शहर से शहर के बीच
आकाश अपनी शक्ल बदल लेता है

मिट्टी की तासीर
हवा की महक
शहर का अहसास बदल देती है

शहर कोई भी हो
रुक कर छू लो तो अपना ही लेता है

निर्वासन में आसन लग जाए
तो वास में बदल जाता है

बिना कमाए घर लौटना
निर्वसन वापसी है
वे गंगा को अपना लेते हैं
पर ख़ाली हाथ नहीं लौटते

इस बात से अनभिज्ञ
कि शाश्वत सच यही है
"ख़ाली हाथ आना
और ख़ाली हाथ ही जाना है।"

6

पिता कहीं नहीं जाते
अपनी छोटी-छोटी आदतों में ज़िन्दा रहते हैं

आदतें ज़िन्दा हों
और ज़िद वही पुरानी
तो दुर्भाग्य भी सौभाग्य की शक्ल
इख़्तियार कर लेता है

विपरीत समय के फेरे में
शब्द अर्थ के साथ हेरा-फेरी करते हैं
अभाव भाव को महसूसता है
नफ़रत प्रेम की तफ़सील लेता है

ये शब्दों का जादू ही है
जो मुलम्मा बन धीरे धीरे
मुस्कान उगाती रहती है

मुलम्मा और मुस्कान
ज़ख्म की आदत हैं
और इस तरह
जीवन में हरापन ज़िन्दा है

7

अजीब शहर है
जहाँ बरसात के पानी का भी
फाटका चलता है
बादलों पर भी बाज़ी लगती है

तारीख़ के मसले के साथ
यहाँ सदी भी कौम के हिसाब से है
तारीख़ी ग़लतियाँ धर्म पर हमेशा भारी पड़ती हैं

संस्कार की जड़ें
आदम के भीतर से होते हुए
पीढ़ियों के पिछवाड़े तक जाती हैं
मुक्ति का मार्ग आसान कहाँ

शहर कब का बदल गया
जहाँ औरतों की सड़कें छतें होती थीं
अब छतों को भी पाट दिया गया है
और सड़कें भी दरवाज़े के साथ बन्द हैं

कसबिनें जादूगरनी होती हैं
बंगाल की और ज़्यादा
कोलकाता की उससे भी ज़्यादा
उनकी लटों से निकल भागना आसान नहीं

यूरेशियन कभी इस शहर का सच रहा होगा
हज़ारों कहानियों का शहर

प्रबुद्ध लोगों की नगरी
जहाँ राजनीतिक चेतना का चराग हर घर में जलता है

चेतना और आशंका का गठजोड़ है
ये परतों में रहती हैं
हर समय आशंका में जीने वालों के शहर से
ओलनाल काटना कहाँ आसान

8

शत्रु का चेहरा देखते-देखते
अचानक अपना चेहरा दिख जाए
तो धुआँ कमरे के भीतर घुस आता है
सपने धुँधलके हो जाते हैं

जीवन में छूट गए लम्हे
काँटे-से टसकते हैं
हौल उठता तो आँगी तक भीग जाती

सत्य इतना क़रीब होता है
कि नज़र नहीं आता
और आँखें बस डबडबा जाती हैं

जो कभी पुरानी चीज़ों को
नए में बदलने का हुनर रखता रहा
वही अब स्मृतियों के बक्से में
ख़ुद क़ैद हो जाना चाहता है

दिखावे के रास्ते पर मतिभ्रम भी
बाट जोहते रहते हैं
अभिमान चश्मे में फिट बैठता है
अब ज़ख़्म नहीं दुनिया हरी दिखती है

आदमी अपने अन्त के पहले
ज्योतिषी बन जाता है
सबके भविष्य में झाँकने लगता है
सबकी चिन्ता उसके अन्त को खिसकाने लगती है

9

नदी को याद करता हूँ
हर-हर गंगे को आवाज़ देता हूँ
गंगा लोटे में सिमट आती है

माँ के रूप निराले
सबसे बड़ी शिक्षिका और सेविका 'माँ'
जिसकी रंगीन ओढ़नी
खूँटी पर अचानक एक दिन टँगी रह गई
फिर कभी उसके काम नहीं आई

माँ की दुनिया ऐसी फैली
कि पिता स्मृतियों के जाल में क़ैद
दूर धूल-धूसरित नज़र आते गए

माँ की स्मृतियों में टटका कच्चे दूध की महक
आज भी मेरे होंठ पर फैल जाती है।
स्मृतियाँ लहलहा उठती हैं
पिता उस लहलहाहट में गुम हो जाते हैं

बड़े भाई चादर की तरह होते हैं
ढके-ओढ़े रखते हैं
वो आसमान और सड़क
एक साथ बनना चाहते हैं

झीनी चदरिया बनने से पहले

उस अन्तिम क्षण में
माँ का हाथ छोटे के हाथ में रखते हैं
भाई सच में पिता वाली छत से कम नहीं होते

कालातीत जीवन की खोज में
हम लगे रहते हैं
अगर ठीक से पहचान लो
तो मृत्यु भी तुम्हें पहचान लेती है

10

हार और जीत सिक्के के हेड और टेल की तरह
अपने मायने बदलते हैं
फिर उनका कोई मतलब नहीं होता
सिक्का उछलता है
और दोनों के अर्थ एक हो जाते हैं

कोई दुनिया छोड़कर जाते हुए कहती है—मैं जीत गई
और कोई इस फानी दुनिया में रहकर कहता है—मैं हार गया

चोट जितनी पुरानी हो उतनी ही टीसती है
तिक्तता से शहद बनाने के सपनों में डूबा
वह देर तक जागा हुआ
एक परेशान आदमी है

दिन के सवाल
रात के डर की असलियत हैं
अन्तर्द्वंद्व सपनों में उनींदी लेते हैं
हार-जीत का मतलब फिर बदलने लगता है

सपने दरअसल सिर्फ़ स्वप्न हैं
उठते ही ख़त्म हो जाते हैं

11

दिशाहारा नहीं था वह
सिर की चोट थी
पर वो अभ्यन्तर में टहलता
और अभ्यन्तर की बातें करता

उसके यथार्थ में हीरो बदलते रहे
सुभाष, गांधी, नेहरू और फिर हिटलर
एक दिन अचानक उसे इन सबके चेहरों पर
सफ़ेद बीट का तिलक पसरता दिखा

दरअसल सार्वजनिक अपमान
मरने के बाद भी पीछा नहीं छोड़ता

12

एक खुली हुई हँसी
वर्षों के कसाव को पी जाती है

पुराने दोस्त
भटका हुआ भाई
पुरानी प्रेमिका
मिलते ही बस एक हँसी पाट देती है सारी दरारें

हँसी दरअसल हवा नहीं है
पर उतनी ही ज़रूरी है
और हँसी का चूकना
कम ख़तरनाक नहीं

मदद के साथ ज़रूरी है
साधन की शुद्धता

वृक्षों के साये अदृश्य होने से पहले
बहुत लम्बे होते जाते हैं

13

हर शख़्स के भीतर शून्यता
अपने दायरे के साथ उपस्थित है
इसका घटना और बढ़ना
एक साधारण आदमी की कथा है

हम किसी एक को खोते हैं
पर उस खोने का नाम अनेक होता है

एक मुर्दे को निकलते देखो
तो ग़ौर से देखो
यह अर्थी तुम्हारी-हमारी भी है
एक दिन देखने के लिए दूर खड़े ना बचोगे
हरेक अर्थी के साथ थोड़ा सा हम भी मर जाते हैं

मरना कुछ इस तरह है
जैसे किसी ने बस म्यूट कर दिया हो

मुक्ति भी टुकड़ों में मिलती है
डर और लज्जा से मुक्ति मिल जाए तो
लोग पागल करार देते हैं
जान गया कि जीवन में अपवाद
तिक्तता का असमय घुल जाना है

14

इस देश की समस्या भी अजीब है—न त्यागना
घर में कबाड़, शहर में कबाड़
मन में भी

सत्य भीतर है
रूप में नहीं
सदियों ने रूप को स्वीकारा
और खोजते रहे कि सत्य न जाने किस रूप में मिल जाए

और यूँ अनगढ़े ईश्वर स्मृतियों से निकल
धर्म के कबाड़ में दाख़िल होते रहे

लौकी के खोल को सुखाकर एकतारा बनता है
मानुष को भी इसी गति से गुज़रना है

एकतारा और दो तारा
बाउल और दरवेश
दोनों को अन्ततः एकराग हो जाना है

पलकों की तरह
अस्थिर विप्लवी मन को भी
सिर्फ़ और सिर्फ़ शान्ति चाहिए

स्थिर जल में जलकुम्भी जड़ और लताएँ होती हैं
उनमें मछलियाँ नहीं फँसतीं
मनुष्य फँसते हैं

15

उसे तालिकाओं के चौखानों में
क़ैद दिख रहा है

छटपटाता नया भारत

टायर से दब गए कुत्तों की संख्या
उस शहर के विकास की गति दर्शा रही है

भूख जब अँतड़ियों को खाने लगती है
तब जिस्म का ख़याल नहीं रहता
चेहरा रोता है बिना आँसू के

अब सब बाज़ार है
इससे ज़्यादा कुछ नहीं

रोज़-रोज़ दुख देखो तो
दुख का स्वहनन होने लगता है
तल छू लेने के बाद
दु:ख भी तैलीय लगता है

संख्याएँ समस्याओं को निगलती नहीं
छुपा लेती हैं
फिर दु:ख या सुख
कम या ज़्यादा नहीं
संख्याएँ कम या ज़्यादा होती रहती हैं

16

एकता हो या भाईचारा
सब एक रंग के इंतज़ार में हैं
रँगरेज़ के इंतज़ार में हैं तकसीम देश

धरती पर कोहराम, भुखमरी, मुसीबतों की बाढ़ है
पर आसमान निर्लिप्त है
इन्द्रधनुष का दायरा बढ़ाने में

उत्थान पतन और फिर पुनरुत्थान
सृष्टि चक्र की गति नहीं बदलती

झुटपुटी चेतना की खोज में
सत्य के पुंज
झुरमुट से झाँकते रहते हैं
जहाँ उजास वृत्त बन रहा है
वहाँ कितना साफ़-साफ़ दिख रहा है
कि धर्म हिटलर से बड़ी शक्ति है
वहाँ भी परचम में
स्वस्तिक ही लहराता है

सभी धर्मों से गुज़रते हुए
महसूसता हूँ
ग्रंथों का सार गीता में समाहित है
और अब उसी को पढ़ता हूँ

दरअसल गीता धर्मग्रंथों का बाइपास है
ज़िन्दगी को देखने की नज़र अता करती है बाइपास
जब सारे रास्ते जाम हो जाते हैं
तब बाइपास ही एकमात्र समाधान है
'मंज़िल वाया बाइपास'

जूठन

ओमप्रकाश वाल्मीकि

1

इनसान एक ज़रूरत की वस्तु
इस्तेमाल एक शातिर पेशा

इन सबके बीच बेगार को समझना आसान नहीं
सबकी निगाहें ज़ुबान से तेज़ नश्तर

सवर्ण और अवर्ण के बीच
कोई पुल नहीं होता
भूतकाल से चली आ रही
थप्पड़ और गालियों की लड़ी होती है

'अरे चुहड़े' फब्तियों से बुझे तीर होते हैं
और तीर चलाने वाले
आडम्बरी धागों में ख़ुद
मंत्रमुग्ध-मंत्रसिक्त

जब खाने को कुछ नहीं होता
तो जूठन समिधा और स्वाद बन जाता है

स्मृति में अनगिन काँटे उग आते हैं
अनुभव नागफनी का विस्तीर्ण जंगल बन जाता है

उतरन और जूठन यथार्थ है
और घूरती नज़रें पीठ पर चुभते ख़ंजर
स्वप्न में भी जी मिचलाता है
पर फिर भी सब अपनी खोल में उलझे पड़े हैं

2

जैसे-जैसे समय ने ख़ाल उतारी
वैसे-वैसे भीतर रक्त जमता गया
त्रासदी का आलम ऐसा
कि संवेदना को लकवा मार जाए

प्रहार ऐसा कि पेड़ से पक्षी उड़ जाए
बदन की चोट का असर
स्मृति में तरोताज़ा सर्प है
जो काँच पर खिंची लकीर की तरह यथावत है

लोकतंत्र की लौ
दिल्ली, कलकत्ते में ही जल रही होगी
गाँव के उस कोने में
लोकतंत्र ने अपना नाम हताशा रख लिया है

3

गाय हमारी माता है बाद में पढ़ा
हमारे लिए तो सूअर ही माँ-बाप रहा

माँ को दुर्गा और चंडी
दोनों बनते देखा
माँद में सेंध लगते ही
वो बर्दाश्त से शक्ति में बदल जाती

आस्था और तर्क की आपस में कभी नहीं बनी
हम हिन्दू होकर भी
पूजा नहीं कर सकते
बस दूसरों के लिए बलि चढ़ा सकते हैं

बच्चे तो मासूम होते हैं,चाहे सूअर के ही हों
बलि की व्यवस्था
सभ्यता को एक ठेंगा है
और सभ्यता सदियों से विरासत की लड़ाई में लगी है

कहते हैं कि बच्चों की आँखों में ईश्वर दिखते हैं
उन आँखों को बुझाकर ईश्वर को अर्पण करना
ईश्वर के अपने आधार से ख़ुद की लड़ाई है
और यह लड़ाई है कि ख़त्म ही नहीं हो रही

4

उसने पूछा! गुमसुम क्यों रहते हो?
उत्तर था! सुनना अच्छा लगता है
वह हँस पड़ी
लगा मन्दिर की घंटियाँ बज उठीं

बढ़कर उसने हाथ पकड़ लिया
झरने की कल-कल सुनाई पड़ने लगी
अवर्ण हूँ बताते ही प्रेम का झरना
स्थिर हो गया यकायक
और मन्दिरों की घंटियों से संगीत अवरुद्ध हो गया

उपनाम एक फाँस सा है
न निगला जाता है न उगला
ताउम्र बस सालता रहता है
टीसता रहता है

जाति एक फंदा है
मरने तक कसा रहता है
जीते जी न मरने देता है
न जीने देता है

जाति के नाम पर
पीठ पर खरोंचें खिंच गईं
युगों की छद्म कोशिशों को
नाकाम ही होना था

समय ने अनगिन करवटें ली
पर सदा के लिए अजर-अमर
खरोंचें अब भी ज़िन्दा हैं

5

नैराश्य की अन्धी गुफा में
शब्द जुगनू बन रौशन रहा
जबकि मुझे चाँद की तलाश थी
और सूरज से करनी थी दोस्ती

किताबें चुप्पी पिघलाती रहीं
शिक्षा जातिवाद से पनपे
गूँगेपन को शब्द देते रहे
और शब्द दबे आक्रोश को अभिव्यक्ति

कविता की उजास ने
सरनेम की कालिख पर सफ़ेदी लीप दी
और अब मुझे ऋषि वाल्मीकि
और वाल्मीकि सरनेम के बीच के फ़र्क़ को मिटाना है...

स्पीति में बारिश

कृष्णनाथ

1

सदैव यात्री रहा हूँ
रंग-वेशभूषा बदलती रही है

शब्दों की यात्रा अर्थों तक
जीवन की यात्रा पड़ावों तक

चलना यायावरी की प्रथम क्रिया है
और चलते हुए
बहते जीवन को देखना दूसरी

यात्रा के इस पड़ाव पर
अभी मैं हिमाचली हूँ

ठहर-ठहर कर
चलने और देखने के बीच निहारता हूँ
निहारना स्मृति के टंकण की भाषा है

हिमालय को कौन जान सकता है!
आँख आँख को देख सकती है भला
हिमालय का कोई एक प्रतिबिम्ब नहीं

जानना उसे, जैसे
अलंघ्य भूगोल को जानना है
इतिहास की भवें कुरेदनी है

पुरानी दुनिया मिली नहीं

नई दुनिया बनी नहीं
बीच की सांस्कृतिक शून्यता में
टहलने निकल पड़ा हूँ

2

भाषा की अपनी ही जादूगरी है
राजनीति,सत्ता और समाज की
खोखली भित्तियों के पार
वह ज़्यादा व्यापक और पायेदार है

बुद्ध, चीन, तिब्बत और लाहुल-स्पीति
एक बदलती दुनिया में ठहरी हुई संस्कृति है

यात्राएँ, संवेदनाओं को
भीतर से धीरे-धीरे पकाती है
इतिहास बनने में
अनुभव और बेचैनी का योग भी है

इन्द्र ने पाषाण के पर काटे
कीलबद्ध कर दिया और कहा—इन्द्रकील
कलियुग ने उन कीलों को
ढीला करना शुरू कर दिया

अब पत्थरों के भी पंख आने लगे
वो उड़ने-ढलकने लगे
और एक दिन गोनपा में दरार बन गई
गोनपा* में दरार भरोसे में दरार है

दरार के ऊपर अतुल्य भारत हिन्दी में लिखा है

---

* गोनपा—बौद्ध मन्दिर

ख़ुद को उलीच कर
भोटी* में लिखा होता तो समझ लेते

3

सब कुछ प्रशान्त है
पर अन्तर अशान्त

जहाँ-जहाँ से गुज़रे
दरारों के निशान दिखाई पड़े
पृथ्वी के तनाव को
हरी-हरी छोटी-छोटी घास
और उस पर खिले सुन्दर फूलों ने ढक दिया है

वनस्पति की शेष
भागवत कथा कहते प्रतीत होते हैं

ग्रंथावली को
कारिकाओं की तरह पढ़ रहा हूँ
उत्पाद और निरोध को एक साथ गढ़ रहा हूँ
उच्छेद और प्रतिरोपण को एक साथ समझ रहा हूँ

स्वतः,परतः और उभयतः
अहेतुक**, सब एक दीख रहे हैं

उच्छेद और शाश्वत दोनों अन्त हैं
दोनों के बीच निष्कृति में टहल रहा हूँ
अनुभूतियाँ रह-रह कर टुकड़ों में आती हैं

---

* भोटी—हिमालय की भाषा है

** अहेतुक—अकारण

बस ग्रहण करना चाहता हूँ
क्षण भर का निर्वाण चाहता हूँ

4

अनछुआ है
ऊबड़-खाबड़ है
अभी मँजा हुआ नहीं है

जबकि मुझे पता है
दुर्गम रास्ते भी बार-बार
आने-जाने से मँज जाते हैं

जहाँ प्रकृति है
वहाँ जीवन है
फिर वहाँ कुलान्त कैसे हो सकता है
कुल्लू कुलान्त कैसे हो सकता है?

परशुराम का क्षेत्र है
सीमान्तों में वे अक्सर मिलते हैं

सीमा का अपना रस, रहस्य और रोमांस है
या तो तीर्थ बन जाते हैं या युद्धस्थल
अन्यथा दोनों

5

विपाशा* किनारे
अपने पाश गिन रहा हूँ

---

* विपाशा—चिनाब नदी का ऐतिहासिक नाम

कि अचानक मेरी डायरी गिर गई
और मैं पाश मुक्त हुआ

अब सिर्फ़ देखना है
देखते हुए लिखना
न देखने के समान होता है

अनाम, अकाल मूरत, अजूनी
स्मृतियों के अवशेष
इन सबकी शिनाख़्त मौजूद है

अनुभूतियों की स्मृति रेखाएँ बनानी हैं
जो कोई पाश नहीं बनातीं
उलटा मुक्त करती हैं
रेशा दर रेशा

मरण स्मृति मुक्ति की पहली रस्सी है
तब एक ही सत्य याद रहता है
कि मरना तय है

यहाँ सँकरी गली ज़िन्दगी की ओर
और चौड़ा रास्ता मौत की ओर चलता है

6

सामने विराट सच्चाई है
दिव्य ज्योति लिये
जहाँ आँखों की ज्योति नहीं ठहरती
बस झुक जाती है, नमन के लिए

तलुए से शीर्ष तक
चौरासी अंगुल शरीर में

रक्त अपनी गर्मी से उबल रहा है

बाहर लहर हिम की है
भीतर लहर रक्त की है
त्वचा इन दोनों के सन्तुलन में व्यस्त है

लहू रक्त वर्ण है
हिम नील वर्ण है
मिलकर नील-लोहित रंग बनता है

रोहतांग शव-स्थान था
क़ब्र की उठी हुई मिट्टी
मोक्ष और भोग दोनों का स्थल

प्रेम की ऊँचाई में लम्ब विस्तार है
चन्द्र और भागा* उलटी दिशा में भागते हैं
कि कोई न देखे, न जाने, न समझे
अन्त में उत्कंठित प्रेम भी एक होना है

देह-देह
मन-मन
प्राण-प्राण
तन्तु-तन्तु
मिलकर जीवन-नदी हो जाते हैं
दोनों नाम खो देते हैं
केवल रूप रह जाता है

आचमन जिनका वैध हो
इनका संगम भी
चन्द्रभागा बनकर
स्वर्ग का द्वार खोल देती है

---

* चन्द्र और भागा दो नदियाँ हैं। उनके मिलने से चन्द्रभागा नदी बनती है, जिसका अपभ्रंश चिनाब है।

7

लाहुल एक विशाल फ्रिज है
जहाँ कुछ भी नष्ट नहीं होता
स्मृतियों का अवशेष भी

झुटपुटे में सोया झुरमुट है
हृदय की गाँठ की तरह
कहीं-कहीं कोई गाँव है

वे दो नामों के साथ जीते हैं
एक से धर्म
दूसरे से संसार चलाते हैं

मिशनरियाँ आईं और बौद्धों से हार गईं
बस खिड़की पर शीशे
चिमनी और मोजे चढ़ा गई

आँखों से हृदय को काढ़ कर
आँसू टपक रहे हैं
रानी सुबक रही है
कि मैदान ने बेटों को मंत्रमुग्ध कर दिया है

चारों ओर बर्फ़ की सफ़ेदी है
सारा रंग शाल, गोनचा, टोपी, जूते में सिमट आया है
रंगों की भरपाई हो रही है

मैदान की हवा पहुँच रही है
सुरक्षा की बर्फ़ पिघल रही है

खिड़कियाँ खुली रखो
हवा चारों ओर से आए और निकल जाए
सामंजस्य बना रहे

छम्-छेशु* देखने आया हूँ
नृत्य अब सिर्फ़ स्फुरण और दृश्य रह गया है
धर्म-दर्शन और अर्थ विलुप्त हो रहे हैं
फिर भी निरासक्त,निरवलम्ब देखता हूँ

संस्कृति अबोध सौन्दर्य लिये है
और उसका ऐश्वर्य सुरक्षित है

8

हिमगन्ध है अशरीरी गन्ध
कोई काया नहीं
आकाश और चित्त में निलाभगन्ध है

जैसे आग जलाती है
वैसे ही शीत भी जलाती है
शीत गति से टकराते महसूसता हूँ
भीतर एक सूरज कहीं से उग आता है
दोनों की टकराहट तेज़ हो जाती है
जीवन में पसीना यूँ भी ज़रूरी होता है

आनापान करता हूँ
साँसों की हरकत निहारता हूँ
चित्त देखता हूँ शान्त है
काया में सूर्य तप रहा है
आँखें खोलता हूँ
सूर्य भागा के स्रोत पर टँगा है

लाल बिम्ब अब कपिशा हो चला है
स्वर्ण किरण चारों ओर बरस रही हैं
भागा के जल में गिरकर टूट रही हैं

* छम्-छेशु—छम्-छेशु सांस्कृतिक नृत्य नाट्य साल में दो बार होता है।

आर्तता कम हो रही है
उषा में विचरता हूँ
नदी में उतरता हूँ

अन्दर बाहर
अब फिर से
सन्तुलन की वापसी हो रही है

9

जहाँ-जहाँ हिम है
बौद्ध और सनातन
दोनों के पदचिह्न
एक साथ दीखते हैं

धर्म, सौन्दर्य, शान्ति सब समरस है
चित्त में उल्लास है उद्वेग नहीं
सामरस्य देखता हूँ उमगता हूँ
मैं हिमालय देखता हूँ

उसकी भाषा की कुंजी खो गई है
ढूँढ़ने निकला हूँ

इतिहास रहस्य, भोटी में छुपे हैं
जिसे हिन्दी और अंग्रेज़ी ने निगल लिया
निगले हुए को कैसे जिलाऊँ

नहीं जानता
प्रवचन से प्रिय मनोरंजन होता है

मेरा संवाद टूट रहा है
चाबी सपनों में दीख रही है बस

हर किसी को अपना क्रॉस ख़ुद लेकर चलना है
उस क्रॉस में भी ताला है
मन के भीतर चाबी है

या सब कुछ विपरीत है
ताला मन में है
और चाबी क्रॉस में
सम्भवत: अन्तर और बहिरयात्रा
इन दोनों के बीच ही है

10

श्रमण और ब्राह्मण में
कशमकश जारी है
कि समरसता और एकरसता
में किसे चुने?

किसी को वहाँ स्तूप दिखता है
किसी को शिवलिंग

शिव और बुद्ध भी
नज़र का फेर है?
या फिर वही नज़रों से दूर है

ऊपर त्रिलोकनाथ हैं
जहाँ दोनों पूजा करते हैं
नीचे बौद्ध मैदान में उतर
ब्राह्मण बन जाते हैं

दरअसल नीचे उतर
वो कहीं बीच में ठहर जाते हैं

मछली जल में बिसर जाए तो अच्छा है
धर्म की छटपटाहट कम हो जाएगी

या तो बौद्ध हो जाएँ
या फिर ब्राह्मण
शून्यता भर जाएँ
स्वांग्ला* करुणा मुक्त हो जाए

11

बौद्ध जन्म से नहीं आचरण से होता है
आचरण व्रत है—शील होने का
पंचशील होने का

बोधि चित्त हिमालय की तरह आकर्षक है
उसे छूना चाहता हूँ
जितना आगे बढ़ता हूँ
वह अपना क्षितिज
उतना ही आगे बढ़ा लेता है

अब उछल कर छूना चाहता हूँ
तदाकार होना चाहता हूँ

तभी कोई अकारण मेरा अपमान करता है
मुझे क्रोध आ जाता है
मैं धम्म से गिर पड़ता हूँ

बोधि चित्त मेरा आसमान बन
फिर से मुस्काता है

---

* स्वांग्ला—स्वांग्ला जाति जो बौद्ध हैं मैदान की ओर उतर आए हैं और अपने आपको ब्राह्मण समझते हैं।

धूसर बादल बीच में आ जा रहे हैं
मुझे दिख रहा है
बहुत दूर आकाश-धरा से मिल रहे हैं

12

निरखने का अपना सुख है
खुले अनंत क्षितिज को निरखता हूँ

पहाड़ से मैदान जैसे-जैसे उतरता हूँ
दृष्टि और क्षितिज दोनों ही
सिकुड़ते नज़र जाते हैं

आरम्भ से क्षोभ होता है
अनारम्भ से शान्ति
अवलम्बित करुणा राग है
निरवलम्ब करुणा की तलाश में हूँ

खड़े रहने के लिए चलना है
सृष्टि चलती रहती है
हमें भी चलना है
और धर्म संस्कृति को भी

अकेला छिद्र
पूरे पात्र को ख़ाली करने के लिए काफ़ी है
यहाँ तो दो हैं
जातिवाद और सुरापान

दोनों बौद्ध चित्त में सेंध हैं

13

धर्म की प्रत्यंचा तनी रहे
प्रार्थना करता हूँ
तभी एक धमाका होता है
डायनामाइट का
फिर धूसर धूल
हिमालय को नहीं
आँखों को ढाँपते हैं

चित्त पर कषाय परत फिसलती है
कपिशा किरणें थरथरा उठती हैं

सुरा का जाल पहाड़ों को बरजना है
सुरा तो अन्न का मल है
चित्त में मल की छाया
विकट स्थिति है यह
शील ही बचाए
और निर्मल करे

14

प्रतीति है
बिछुड़ना थोड़ा-थोड़ा मरना है
मिल कर भी मिलने से बचता हूँ

स्पीति की ओर मुड़ता हूँ
लाहुल को मुड़कर ताकता हूँ
भागा पीछे छूट गई है
सामने ग्लेशियर है
रुद्र भी, रूपवान भी

हिमनदी है
स्लेटी मिट्टी और चट्टान
धूसर हिमखंड तैरते हैं
जैसे कोल्ड कॉफ़ी में आइसक्रीम

बर्फ़ की मोटी दीवार है
टकटकी लगाता हूँ सतह पर
अन्दर हरा-नीला हिमानी प्रवाह दिखता है

सुनना चाहता हूँ उसकी व्यथा
मापना चाहता हूँ
चौड़ाई नहीं गहराई
सुन्न हृदय में बहने वाले रस की, रहस्य की

15

देर रात अचानक उठ गया हूँ
स्पीति शायद आवाज़ दे रही है
ख़ुद को बरजता हूँ

आवाज़ फिर आती है
कहती है कमरे में
क्या बनारस, क्या स्पीति

रोक नहीं पाता
निकल पड़ता हूँ आधी रात
सब मन के पीछे
जैसे घोड़े के पीछे रथ

अनंत, अप्रमाण और अपरिमेय आकाश को निरख रहा हूँ
किसी के सहारे नहीं लटका यह
विभु है अखंड

धन यौवन इतना खुला हो
तो लूट मच जाए

रात की आँखों में जोत है
तारों ने जोत चुराई या दी
पता नहीं चल रहा
अजीब दृश्य है
अँधेरों को बरज दिया है
उषा को हकाल दिया है
कृष्ण और अरुण का खेल होने वाला है

नज़र घूम कर फिर हिमालय पर आ टिकती है
कोई तृण नहीं
कोई बीज नहीं जमता
कोई लता नहीं लिपटती
पृथ्वी की कोख में तप कर
जैसे बस उठ आया है

नदियाँ अन्तरिक्ष से हिम शिखर पर अवतरित हो रही हैं
असंख्य सोते फूट रहे हैं
उनमें से एक स्पीति से सतलज
सतलज से सिन्धु
और फिर समुद्र में बह रही है

मेरे चित्त में भी जिज्ञासा की नदी फूट रही है
श्रद्धा और प्रज्ञा से मिल रही है

भीतर भी एक समन्दर है
जिसका सीधा सम्पर्क अन्तरिक्ष के प्रतिबिम्ब से है

आवाज़ आती है अचानक
बरजती है, हद हो गई
सब आज ही जान जाओगे
चलो भागो सो जाओ

मैं सीधे बिस्तर पर आ गिरता हूँ
हिमालय की तरह बाँहों पर सिर रखकर सो जाता हूँ

16

तृष्णा की आग जलाती है
और संकोच का बर्फ़ भी

सन्तुलन की अपनी दुनिया है
हिमालय सन्तुलित है
सन्तुलन में शीर्ष पर जमी हिम
त्र्यम्बक की हँसी जैसी है

स्पीति मुझे खींच रही है
अनायास बात करता हूँ
क्या चाहिए पूछती है
कुछ नहीं बस ताकता हूँ

जो हिमशिखर चढ़ने से ज़्यादा कठिन
जो आकाश की तरह अलिप्त, अलेप
जो वायु की तरह प्रवाह लिये
पृथ्वी की तरह सबका आधार बने
पूछती है वही निर्वाण चाहिए न?

पा सकते हो क्या इसे?
नचिकेता की तरह बालक भी नहीं हो
चुपचाप बस निहारता हूँ

नदी को क्या पता
समस्याओं की जड़ का नाम दुविधा है
आरम्भ-अनारम्भ, राग-विराग, भोग-मोक्ष...

दुविधा कषाय है
दुविधाओं की माला पहने
इन सबों के बीच
स्वयं को देखने की दृष्टि
सूक्ष्मबीन नहीं
क्षीण हो रही है

आविष्ट* हूँ कुछ नहीं सूझता
जबकि मुझे तदाकारिता साधनी है...

आशाएँ जागती हैं लेकिन
पराक्रम अँखुआता है
कहीं से आवाज़ ज़रूर आती है
रास्ता जानते हो
बस चलना नहीं
जितना बाहर देखते हो
उतना ही भीतर देखो

दृष्टि सूक्ष्मबीन में बदल जाएगी
जो नहीं दिख रहा वो दिख जाएगा

17

खिड़की के सामने पहाड़ है
जिसके पीछे स्पीति की खोई हुई दुनिया-तिब्बत

इतिहास पर
अलंघ्य भूगोल का असर है
स्पीति की स्वायत्तता
भूगोल ने सिरजी है
यही इसकी रक्षा भी करता है

---

* आविष्ट—आवेशयुक्त

और संहार भी
हँसता-खेलता जीवन कभी महामौन भी धारण कर लेता

हिमालय के मध्य खड़ा हूँ
बौद्ध शिष्टता के शीर्ष संग मिलते हैं
पर दर्शन और साधना
दोनों पद्धतियों में थकान दीख रही है

धार्मिक वृत्ति वाले
थके और निरर्थक लग रहे हैं
ऊब रहे हैं

इस ऊब को भी
सिरजनहार का इंतज़ार है

कृष्ण के मुख में ब्रह्मांड दिखा था
और आज
ख़ुद में इतिहास, सरकार,सिस्टम,भाषा
नदी, हिम, और वो सारे अनाम असंख्य फूल
सबकी साँसें मद्धम महसूसता हूँ

सभी जुले-जुले लौटा रहे हैं
पर मैं कुछ भी लौटा नहीं पा रहा...

तभी एक
चिड़िया का बच्चा घोंसले के द्वार पर आकर
कौतुक भरे जगत को देखता है
पंख खुलते हैं आकाश की नीलिमा में खो जाना चाहता है
धरती वारी जाती है
कोई ऋषि गा उठता है
'अदीनाः स्याम शरद् शतम'

आईनासाज़

अनामिका

2022

1

ठाँव में टेक लिये
बेखटके चली आती हैं
और फिर एक फूल सी
खिल उठती हैं स्मृतियाँ

स्वाद में बचाए रखी है
स्मृति प्रेम की
जैसे लेमनचूस ख़त्म होने पर
स्वाद रहता है गालों से लिपटा

सन्तप्त और परितप्त होती हैं
नमकीन स्मृतियाँ
वर्तमान की गीली मिट्टी पर
दिखी कुछ सूखी पपड़ियों-सी

स्वप्नजीवियों के रंगीन ग़ुब्बारे
आसमान में उड़ते हैं
और फिर विलीन हो जाते हैं
बस रह जाते हैं स्मृतियों के उलझे धागे हाथों में

2

हर इनसान के पास होती है
अपनी खिड़की और अपना दरवाज़ा

उसकी मर्ज़ी है कि
वो किधर से आए और किधर को निकल जाए

हर उत्कर्ष के पहले और बाद में
होता है अपकर्ष
जुगुप्सा के ताल में
अभीप्सित है दर्शन और संयम

संवेदन भोथरी तलहथी पर उगा स्पर्श है
जो स्व के उस पार की दरिया में
ख़ुद के वितान का प्रतिबिम्ब रचती है

पूर्वग्रह एक पहाड़ है भुसभुसा
तबीयत से हथौड़ा मारने की देर है बस
किसी-किसी की उपस्थिति इतनी द्रावक होती है
कि बरसों का जमा बर्फ़ पिघल जाए

3

राख ग़ज़ल पर तारी है
काले बादल पर तारी है
पूर्णिमा के चाँद का अक्स
और किसी पर तारी है किसी का नूर

उसे बताना होगा कि चाँद पर तो
सूरज का भी क़ब्ज़ा नहीं
अगर बाँधने की हसरत है
तो समन्दर के पास मत जाओ

उससे ख़ूबसूरत उसका भरोसा
और किसी के भरोसे पर उसे एहतराम
भरोसे की तिड़कन गूँजती नहीं चुभती है
और बस ग़ज़ल का ग़ुबार रह जाता है

4

शायरों के भीतर बहुत कुछ
रिवाइंड होता रहता है
वो चलते आगे हैं
और सोचते पीछे हैं

कॉफ़ी बीन की तरह जुड़े रहना
टूटना भरभराकर
और फिर सरापा हो जाना
चाँद का पन्द्रहवाँ रोज़ हो जैसे

दर्द धीरे-धीरे माँजे
तो आदमी बर्तन की तरह चमकता है
अगर झटके से रगड़ा जाए
तो मटके की तरह टूट जाता है

राख में जिस्म भस्म होता है
सवाल नहीं
और सवाल कतरा-कतरा बिखरता है
चटके मर्तबान से गिरते कंचों की तरह

5

बचपन में जितना उसके रूठने से डरता था
अब उतना उसके निखार से डरता हूँ
बेटियाँ पेड़ की तरह नहीं
टुस्सियों की तरह बढ़ती लगती है

मेरी कहानी की राख का एक हिस्सा
मेरी बेटी की पेशानी पर दिखता है

मेरे भीतर भी राख का अक्स है
और मैं मुँह छुपाए भटकता हूँ

केतली के खोल पर पड़ी झुर्रियों सी
चिन्ता की लकीरों से घिरे
एक डरे हुए बाप की हिदायत ने समझाया
कि नासमझी सबसे बुरा रोग है

और समझ है
जो दिल को समझाता है
कि हर हादसा एक सबक है

स्पंदन चला गया
अब उसकी प्रतिध्वनि बाक़ी है...

6

अपनी बेटियों के
आज़ाद आदम बनने के सपने देखता हूँ
पर देखता हूँ जिस क़लम से यह नज़्म लिखी
वो ग़ुलामी की स्याही के भरोसे चल रही है

बच्चे प्यादे नहीं होते
समय ही उनकी चाल है
और समय
किसी इनसान के बस में नहीं

वे ख़ुदा की ओर खुलने वाली खिड़कियाँ हैं
जो बस रोशनी अता करती है
पर जब नूर टपक रहा था
मटकी पलटकर रखी थी

मेरी एक आँख ने ही
दूसरे को फोड़ने की क़सम खा ली
और इन दोनों के बीच
मेरी नाक पिसती रही

माँ कहती हैं
दुनिया चाहे कितना गिराए तुझे
बस इतना करना
अपनी आँखों में मत गिरना

और दुनिया की सबसे बड़ी अदालत
बच्चों की आँखें हैं

7

एक अबोला सा कुहासा मेरे घर में
बढ़ता रहता है
इंच-दर-इंच
अब इस इंतज़ार में हूँ
कि कोई इम्तिहान ले ले बस

मन की आँखें हैं
बादलों में चेहरे ढूँढ़ती हैं
पर उनकी इतनी सी गलती है
कि वो हर एक को फ़रिश्ता समझती हैं

बेमन मुस्कान और फिरी आँखें
आहत औरत का तेज़ इतना
कि क़यामत भी
सूरज से गुफ़्तगू कर ले

अना अपनी सूरत छुपाए तो
हवा अपनी सीरत दिखाए

इन दिनों मन को ढूँढ़ता हूँ
ताकि उसमें छिपे तंज पढ़ सकूँ

8

भाषायी बहनों का आना-जाना बढ़ेगा
तब दीवारें चटकेंगी
और बीज भी चटकेंगे
सौ भाषाओं की पत्तियाँ लिये एक दरख़्त उभरेगा

क़यामत कैंची चलाए
तब भी तुम सुई-धागा बनना
दुनिया में कैंचियाँ बहुत ज़्यादा हैं
और सुई-धागा बहुत कम

संगीत से नज़दीकी
आदम को इनसान बना देती है
और पाक मोहब्बत
देह और रूह दोनों को पनाह देती है

बेआवाज़ भाषा लिये 'आँखें'
आत्मा का द्वार हैं
मुसीबत से आँखें मिला लो
तो वो भी मुस्करा उठती है

ख़ून और पसीने की तरह
ज़ुबानों की भी दोस्ती है
और फिर यूँ ही मिलता है
दुनियावी दरबार रूहानी दरबार से

9

धड़कन के धड़कने का
आयाम बदलता है
अपनी बात छुपाने के लिए
मैं तेज़-तेज़ बोलता हूँ

उसकी पाती कलेजे से लग
मेरा सारा नमक पीती है
मैं जलता हूँ
वो मुझसे पहले पिघलती है

इस प्रश्न का उत्तर ढूँढ़ता हूँ
कि चिड़ियों के अंडों सा
कवि कविता को
या कविता कवि को सेती है

मेरे ख़याल परेशानी में यूँ बैठ जाते हैं
जैसे भिश्ती की फुहारों से गर्त बैठ जाती है

आसमान को ताक रहा था
या नींद में दोहरा था
कि एक तारा टूटा
और मेरी आँख में चमक उठा

अब उस तारे की ख़ाक
अपने ज़ेहन में लिये फिरता हूँ
अकेलेपन की शराब पीता हूँ

कभी-कभी पाने की बेइंतहा ख़ुशी
और खोने का बेपनाह डर एक साथ होता है
सुबह की किरण कब
दोपहर की धूप बन जाती है पता नहीं चलता

10

वक़्त का नथुना जब फड़फड़ाता है
तो क़यामत भी पनाह माँगती है
और रीढ़ के निचले हिस्से में
कुंडली मारे बैठा वक़्त कुंडलिनी में बदल जाता है

प्रेम और अध्यात्म के बीच एक सड़क है
वहाँ सूफ़ी चलते हैं
थोड़ा गिरते हैं तो प्रेम से लिपट जाते हैं
थोड़ा उठते हैं तो ईश्वर से

हर रूह की अपनी तस्वीर
अपना अलग आईना
पर जो सबका आईना बन जाए
वो बस ख़ुदा है

एक आसरा है
जो समय की धार पर खड़ा है
एक मुहब्बत है
जो झूठी शान से लड़ रहा है

उन्मेष और निमेष
के बीच अना एक झपकी है
जो ये मिट जाए
तो तीसरी आँख खुल जाती है

11

लीला है यह सारा जीवन
और कलाकार और तमाशबीन हम ही हैं
तमाशा ज़ोरों पर है

ज़रूरी है होश का बना रहना कि यह सब खेल है

मौन के समन्दर में
शब्द के मोती यूँ मिलते हैं
जैसे कोयले के बीच हीरा
चमकता भी है गमकता भी है

सूफ़ी अलमस्त हैं
नाचते हैं ऐसे
कि भजन के साथ
संगीत रम जाए

ईश्वर और अल्लाह इनको
एक साथ ताकते हैं

प्लावन और आप्लावन के बीच
ज़िन्दगी एक यात्रा है
अभी अना का ठीकरा फूटना बाक़ी है
अभी ख़ुदा से मिलना बाक़ी है

12

कपास के फूल को क्या पता
कि उससे निकला धागा किससे उलझ जाए
सामने जो भी दिख रहा है
या तो उलझा-उलझा है या अबंड!

नहीं पता कि कलियुग में
लोहे की दीवार भी ढिमलाती है
बुतपरस्ती जिनकी करते हो
वही तुम पे ठहाके लगाता है

ये दुनिया कैसी बन गई है
जहाँ हर तरफ़
घायलों का नाच जारी है
दर्द का तिड़कना तारी है

किसी को दरख़्त बन जाने का
आशीष मिल जाए पैग़म्बर
कोई बस छाँव बरसाए पैग़म्बर

दुनिया को ख़ुद से ज़्यादा अपनाए पैग़म्बर
अल्लाह की भी मल्लूख
आराम पाए पैग़म्बर

13

इतिहास मिथक के गले लग रहा है
अलम और ख़ुशी का फ़र्क़ मिट रहा है
तदर्थ के पिंजरे से निकल
चुप्पी समझदार हो रही है

कमसुख़न बहिश्त तलाशता है
और मौन
गौरैया जैसे फुदकते शब्द

कभी-कभी दुखी मन और रुँधा गला
घर का गेट खोलते ही
महमह करने लगता है
और चित्त ख़ुद पर मुस्कुरा उठता है

क्षमा ख़ुद पर अन्याय का पर्याय बने
इसके पहले ख़ुद का चेतना ज़रूरी है

मस्त कलंदर का चिमटा
खनकता है और कहता है
औलिया मरते नहीं
उनका विसाल होता है।

थलचर

कुमार अम्बुज

1

एक ख़ाली सिगरेट का पैकेट हूँ
जिसमें धुआँ भरा पड़ा है
और देखते देखते मैं
कवि की बेचैन बुदबुदाहट में बदल जाता हूँ

कविता धुएँ से जादुई बुदबुदाहट में
तब्दील हो जाती है
और फिर बुदबुदाहट एक स्पार्क में

उस कौंध को पीने के लिए,
उस जादुई ट्रांस में कुछ पल
और ठहरने के लिए
मैं सौ बार मरने को तैयार हूँ

पर उस अपारदर्शी धुएँ में
वह कोण हर कोने से तिर्यक ही दिखता है
और मैं इसे ठीक करने की कोशिश में
360 डिग्री से 180 डिग्री में बदल जाता हूँ

2

कोई-कोई क्षण
बींधते हैं रुक-रुक कर
और टूटे तीर छोड़ देते हैं

भीतर तुड़े मुड़े

उदासी ने सामने वाले शीशे को
इतना घिसा है
कि दुनिया धुँधली नज़र आती है
और वो है कि अपने चश्मे के शीशे को साफ़ करने में लगा है

समस्याओं के समाधान के लिए
जो विज़िटिंग कार्ड थमाए गए
वो अपने पते पर कभी नहीं मिलते
अब मेरे हाथों में विज़िटिंग कार्ड की जगह किशकोल है

पता है जब तक हाथ में छेनी-हथौड़ा है
आकृति बनती रहेगी
पर डर है
मेरे नहीं, उसके विलय होने का

3

हर आदमी के पास
उसकी अपनी एक नदी है
उसका अपना वसन्त
और अपना पतझर

सच यही है, अकेला होना
निर्वाण का अन्तिम रास्ता है
प्रकृति साथ चलती है
अन्तिम अरण्य तक

इस रास्ते में उसका हमसफ़र
उसकी अपनी नींद है
ईश्वर का पहला काम है नींद की रक्षा

और ईश्वर हर बार हार जाता है

उनींदे निष्प्राण सम्बन्ध
रह-रह कर क़ब्र से उठ आ मिलते हैं
क़ब्र में लेटते हुए जान पाया
मेरा अकेला होना भी मेरा भ्रम ही है

4

सरकारी बसों का
उजाड़ लिये घूमता हूँ
उखड़ी साँस के अन्तराल में
किसी और की साँस लिये गुनता हूँ

यह ऊबड़-खाबड़ रास्ता
क्या उस अधूरे मकान तक ही जाता है
मैं भी तो उस मकान-सा ही हूँ
न रहा जाता है न बेचा

सफ़र का भी अपना आँच है
पकती हुई आँच की सुलगन को
छूने के लिए बढ़ता हूँ
हाथ में जली हुई रोटी की कालिख है

दानवी निगाह जहाँ पड़ती है
कालिख पसरती जाती है
गाँव शहर में तब्दील होता जाता है

जो बेहतर जानते और समझते हैं
मारने और नष्ट करने का अन्तर
वो मारने पर ज़्यादा यक़ीन क्यों करने लगे

दृश्य अब बुझा हुआ है
आँख में जलती ढिबरी को छोड़ कर

5

अबोधता से भरा शक्तिशाली मन
प्रकारान्तर से टहलता हुआ कवि है
जिसकी आदिम आकांक्षा
हर रात टहलने निकल जाती है

और सुबह उठते ही उसकी मुट्ठी में
दो शब्दबीज छोड़ जाती है
अपनी पूरी अवस्था
और आधिपत्य की चाहना के साथ

क्या कोई बताएगा
बुद्धि और व्यवहार के एकमेव होने का सूत्र

क्या कोई समझाएगा
कि असन्तोष को समझने के लिए
असन्तुष्ट होना कितना ज़रूरी है

कोई क्या सुझाएगा कि
अलंकारहीन होने की यात्रा पर निकला कवि
ख़ुद मंज़िल का पता मालूम कैसे करेगा?

6

विलुप्त झरने के पदचिह्न देखना
पहाड़ के कटते वक्ष देखना

जंगल की टहनियों पर
अपनी रोटी सेंकना

एक घूँट पीते हुए
नदी में एक घूँट कम होते देखना
ईश्वर के पाँव में चुभे काँटे से कम नहीं
और यह मैं पत्नी के पाँव के काँटे
निकालते समय सोचता हूँ

7

एक बदलता शहर भीतर है
और बाहर भी

दोनों के तालमेल में
अपने घर से बेदख़ल कर रही है कविता मुझे
और यूँ शहर के मानचित्र में
घर छोटा होता जा रहा है

किसान के एक कमरे में अनाज है
दूसरे में भूसा
इससे बेहतर सन्तुलन कहीं नहीं
और उससे ज़्यादा असन्तुलित कोई नहीं

साइकिल अगर एक कविता है
तो उसके टायर में पंचर की तरह
कुछ कुंद तीर ठुँके पड़े हैं
विस्थापित से प्रामाणिक और क्या

8

भावनाओं का झाग समन्दर सा है
ख़त्म होने का नाम ही नहीं लेता

भाषा अपनी ढलान के विरुद्ध है
समय उसके लिए संग्रहालय भी और दीमक भी

परन्तु यह भी सच है
कि लुप्त होती भाषाएँ केंचुली हैं
नित नए को जन्म देती

भीतर की फुलवाड़ी में कुछ रहे न रहे
कनैल, गुलमोहर और हरसिंगार को बचाना है

अब मैं बस
ईश्वर द्वारा दी गई साँसों का
अन्तिम लहर तक दर्शन चाहता हूँ
भीतर बैठे कवि को वणिक होने से बचाना है।

✪✪✪